Anatomie DER Katastrophe

László Pánczél

Anatomie DER Katastrophe

Und was kommt danach??

Orientierung zu kommenden Ereignissen

Books on Demand

Bibliografische Information Der Deutschen Bibliothek:
Die Deutsche Bibliothek verzeichnet diese Publikation in der Deutschen Nationalbibliographie; detaillierte bibliographische Daten sind im Internet unter http://dnb.d-nb.de abrufbar.

Herstellung und Verlag: Books on Demand GmbH, Norderstedt
Umschlagsgestaltung: László Pánczél; Foto: Monica Pancel
Printed in Germany 2012
Dieses Buch wurde im On-Demand-Verfahren hergestellt.
ISBN 978-3-8448-3169-6
www.bod.de

Vorwort

Wir auf der himmlischen Ebene haben es uns zum Grundsatz gemacht uns nicht auf die Ebene der menschlichen Existenz einzumischen. Wir wollen dem Menschen die Freiheit lassen, die er von Geburt an innehat. Doch dies ist für uns ein riesiges Dilemma. Wir können ihn auch vor seinen eigenen Dummheiten nicht schützen, da er sich für sie ja freiwillig und mit sich im Einklang entscheidet. So ist es auch nun bald wieder. Es wird so weit kommen, dass ihr sie als Apokalypse deuten werdet. Doch was es ist, ist nichts weiteres, als eure von uns aus sicher gestellte Freiheit wirklich das zu tun und zu lassen was ihr wollt. Als Resultat wird ein noch nie dagewesenes Morden kommen, das seines gleichen in eurer Geschichte nie mehr finden wird, und doch hat dies auch einen tiefen Wandel in sich - zum Guten - zu Mir. Aber es werden sich noch viele Generationen fragen, ob dies denn dafür notwendig war. Dies kann Ich im Moment nicht beantworten, doch eines möchte Ich euch sagen, haltet eure Herzen für den Wandel offen, er wird notwendig sein, um das Grausen das hinterher vorherrschen wird erträglich und mit einem menschlichen Antlitz versehen zu meistern. Ihr sollt dabei nicht allein gelassen werden, ihr sollt Hinweise an der Hand haben, wie ihr dies Alles übersteht. Ihr sollt immer unsere himmlische Liebe parat haben und dafür wird dieses bescheidene Büchlein ein echter Helfer sein. Es wird euch aufzeigen können, wie ihr in den dunkelsten Nachkriegswirren einen Lichtstrahl haben könnt und wer euch diesen Lichtstrahl gibt. Habt Vertrauen in euch, dann werdet ihr wieder zu Mir finden.

Danksagung

Ich habe manchmal den Eindruck, dass ich in mein Glück gestolpert bin. Sicherlich habe ich etwas dazugetan, doch das Geflecht der Ereignisse war mir so gut gesonnen, dass ich manchmal ins grübeln kam ob ich all dies verdiente. In all diesen Monaten und Jahren wo ich an diesen Kommunikationen und Arbeiten mit der himmlischen Ebene teil hatte wuchs das anfängliche Gefühl zu einer felsenfesten Gewissheit einem Gott gegenüberstehen zu dürfen, der solche Dimensionen verkörpert die uns nur Begrifflichkeiten sind ohne aber ihre wahre Größe überhaupt erahnen zu können. Dies sind die Liebe, Geduld, das Gute und das Schöne um die für uns Einfachsten zu nennen. Es war mir in dieser Schrift vergönnt, davon eine schlichte Reflektion einzufangen, wofür ich Dankbarkeit empfinde. Ebenfalls dankbar bin ich IHM, dass ER mir erlaubt hat mit unseren Himmlischen Begleitern den Engeln und erhabenen Lehrmeistern Austausch zu haben die in ihrer unendlichen Geduld mich ständig unterstützen. Für das Korrekturlesen und Ratschläge bedanke ich mich bei meinem guten Freund Dieter Schlotterer. Wie könnte es anders sein, dass ich mich bei meiner Lebensgefährtin, meiner Frau Monica bedanke, die mir den Rahmen mit ihrem Verständnis geschaffen hat, an dieser Schrift arbeiten zu können.

Inhaltsverzeichnis

Einleitung

IV

Einleitung

Seit ich Kommunikationen über die große Katastrophe erhielt, die in erster Linie ein globaler Atomkrieg sein wird, konnte ich meine Gedanken diesbezüglich nicht abstellen. Wo ich auch war, was ich auch tat, war mir fortwährend gegenwärtig, dass es bald ein globales Sterben geben wird. Dieses Wissen konnte, ja durfte ich nicht für mich behalten. Auch auf die Gefahr hin verrückt erklärt zu werden, musste ich mein in Meditation erlangtes Wissen anderen mitteilen.

Ich hatte bereits in meinem Buch „Reportage über den Weg zum Himmel“ das Thema der großen Katastrophe behandelt und auch einige Details, so wie sie mir vermittelt wurden, beschrieben. Da es aber bei diesen Kommunikationen zum Thema globale Katastrophe nicht gebblieben ist, sondern die Bilder und die Informationen klarer und vehemen-ter wurden sind, habe ich mich entschlossen, dieses Thema konzentriert und mit Hilfe meiner himmlischen Begleiter aufzuarbeiten.

Wenn ich sage, dass dieses Buch mit der Hilfe meiner himmlischen Begleiter zustande kam, möchte ich kurz auf die Technik eingehen mit der diese Darstellungen zustande kamen.
Meditation ist das Stichwort. Ich habe gelernt in einen kontrollierten Alphazustand zu fallen, der mir erlaubt, Besonderes zu erfahren und dort wo die einzelnen Sequenzen einen logischen Zusammenhang ergeben, diese als solche zu erkennen. In meinem ersten Buch habe ich die Hin-tergründe für meine Hinwendung zur Meditation geschildert und die für mich daraus resultierenden Konsequenzen. Eine davon war, dass ich die bisher so abstrakt scheinende Welt des Jenseits als etwas Reales und Lebendiges zu erleben begann. Im Laufe der Zeit ergab sich daraus eine systematische Kommunikation mit unterschiedlichen Ebenen der höheren Intelligenz. Das Resultat war die Teilnahme an einem nie abnehmenden Strom an Weisheit und Realitätserweiterungen die ich nicht guten Gewissens als eine einfache persönliche Erfahrung abtun könnte und wollte. Ich hatte die Gewissheit, dass ich sie festhalten musste um sie anderen ebenfalls zugänglich zu machen. Es war offensichtlich, dass der in meditativem Zustand erlangte Zugang zu diesen

Erkenntnissen auch mit einer Verantwortung verbunden war. Wie und was genau, das war mir am Anfang schleierhaft sollte sich aber im Verlauf der Jahre allmählich klären. Neben diesen Erkenntnissen erhielt ich im Jahr 2002 Informationen über eine weltumspannende Katastrophe die sich in ca. 10 bis 15 Jahren ereignen sollte. Doch so schrecklich sich dieser globale Krieg abzeichnete, konnte ich mich der Faszination über das Wissen dieser Katastrophe nicht entziehen und wollte einfach mehr wissen. Und nachdem ich die erste Publikation abgeschlossen hatte, begannen die Meditationserfahrungen zu diesem Thema so intensiv und Furcht einflößend zu werden, dass meine anfängliche Faszination des Zaungastes, einer sorgenvollen Unruhe Dieses allen mitzuteilen, wich. Denn ich hatte und habe nach wie vor die Illusion, dass wenn nur genug Menschen davon erfahren sie im Angesicht der schieren Proportionen der kommenden Ereignisse sich der brennenden politischen Themen annehmen und man vielleicht die Schärfe des heraufziehenden Konfliktes doch noch nehmen kann. Vielleicht ist dies tatsächlich eine Illusion aber ich unternehme mit diesem Buch eben diesen Versuch. Sollte ich damit einen positiven Beitrag geleistet haben, wäre ich schon mehr als glücklich. Sollten Sie liebe Leser diesen Text als Angstmacherei betrachten oder Scharlatanerie abtun, so kann ich Ihnen dies nicht übel nehmen, denn das Offensichtliche ist nicht immer das Logische und Beweisbare. Aber auch dann, wenn Sie mit dieser Skepsis diese Zeilen lesen, lassen sie sie auf sich wirken und überlegen sich bitte, was Sie für sich als Positives verbuchen können das Sie im täglichen Umgang mit sich selber oder aber auch mit ihren Mitmenschen verwenden können. Und schon werden Sie feststellen, dass es mehr sein wird als nur der Hinweis auf eine bewaffnete Auseinandersetzung von bisher nie gekannter Hemmungslosigkeit.

Die Grundlage dieses Buches sind wie bereits erwähnt: Meditationserfahrungen, die ich im Alpha-Zustand erfahre und somit weder mit ominösen Visionen noch mit okkulten Geheimnissen, die sich plötzlich offenbaren, gleichzusetzen sind. Der Alpha-Zustand ist bei entsprechender geistiger Disziplin reproduzierbar. Doch Achtung beweisen will ich hier nichts! Wer Interesse hat, wird den Weg, den Zugang zu dieser Meditationstechnik selber finden. Die hier gedruckten Texte sind entweder direkt während dem Alpha-Zustand entstanden oder wurden unmittelbar nach einem solchen aufgezeichnet.

So, jetzt haben Sie einen groben Überblick über das Ziel meines Buches und außerdem wissen Sie welche Technik es mir ermöglichte diese Information zu vermitteln. Erwarten Sie bitte nicht, dass Sie auf alles eine schlüssige Antwort erhalten. Das Buch soll ja schließlich auch zu Ihren Herzen sprechen und nicht ein Handbuch für die Vorbereitung der Menschheit für die kommenden Ereignisse sein.

1. Auslöser der großen Katastrophe

Nachdem ich mich entschied über die *Große Katastrophe* zu schreiben erhielt ich noch am selben Tag folgende Kommunikation. Sie hatte mehrere Implikationen: Erstens ging ich damit freiwillig eine Verpflichtung ein und zweitens konnte ich davon ausgehen, dass es nicht bei dieser einen Kommunikation bleiben würde.

„László du musst dir bewusst sein, dass du dich auf einen Pfad begibst der nicht immer einfach sein wird und wo du oft glaubst, dass es eine einzige Herausforderung an dein Sein ist, d.h. deinen Glauben an MICH an die Menschheit und aber auch an deine Sinne. Ja dies sei am Anfang gleich gesagt, dann bist du zumindest vorgewarnt wie die Sachen sich entwickeln können. Es ist aber auch ein Pfad der dir erlaubt Dimensionen der Vorhersage einzusehen die es dir ermöglichen vielen und da meinen wir sehr vielen zu helfen und ihnen in wahrlich dunklen Zeiten ein Licht der Hoffnung zu sein. Denn was du bisher gemacht hast, war die Notwarnung auszulösen, - nicht mehr aber auch nicht weniger. Das nun Entstehende bedeutet mehr. Es ist eine Handreichung für die Zeit während und nach der Katastrophe. Deswegen muss es so strukturiert sein, dass es die Menschen zur gegebenen Zeit als solches Erkennen und den wahren Wert dahinter sehen, und der ist die göttliche Fürsorge die zu keiner Zeit zu existieren aufhört und die, die Menschheit mit weiser Hand in SEINE Richtung zu lenken bereit ist.“

Von da an wurden mir im Meditationszustand Informationen zur Großen Katastrophe sehr systematisch vermittelt. Es wurde Wert darauf gelegt, dass mir ein Einblick über die Umstände dieser Katastrophe entstand. Meine Helfer wollten damit meinen Blick für das Wesentliche schärfen und mich nicht nur auf das Weitergeben sensationeller Informationen an die Menschen, in einer Zeit in der die visuelle Gewalt an der Tagesordnung ist, beschränken. Die nachfolgende Kommunikation war der ideale Auftakt:

"László der wirkliche Auslöser dieser Weltkrise war der Hass und die Verblendung die unter den Menschen in den letzten Jahren vor der Kri-

se solche Ausmaße annahm, dass es eigentlich keinen Ausweg gab. Das soll aber nicht heißen, dass es unabdingbar war oder gar notwendig, dass dieses Unglück geschehe. Nur war eine Atmosphäre entstanden die, die späteren Geschehnisse bedingen konnte. Wir wissen ob der Ironie des Schicksals, dass gerade in dieser Zeit so viele gute Gedanken und Initiativen geboren werden die aber dem eigentlichen Problem nicht Abhilfe werden leisten können, denn sie werden zu spät und nicht kraftvoll genug entstehen um der ganzen Komplexität einer Krisenbildung entgegenzuwirken. László auch deine Bereitschaft dich für das Gute und gegen das Böse einzusetzen ist begrenzt, du zweifelst? Sie ist es mein Lieber. Du würdest im Moment auch nicht die letzte Konsequenz auf dich nehmen um diesem Ereignis vorzugreifen auch wenn du weißt, dass unglaublich viele Tote zu beklagen wären. Doch dies verlangen wir auch nicht von Dir, nur soll es veranschaulichen, wie die Grundstimmung hierzu war und ist. László die Auslöser sollen natürlich spezifiziert werden. Es soll nicht beim Allgemeinen bleiben, denn sonst wäre es ja keine Übung die den Leuten ihre Sicht für den Gesamtzusammenhang schärfen würde. Also meine Lieber László, wir denken, dass man diese Krise hätte vermeiden können, wenn man den am Konflikt Beteiligten, Optionen geboten hätte, sich für den einen oder anderen Ausweg zu entschließen. Tut man dies nicht, erfährt die Situation eine innere Eskalation wie du sie heute schon im Nahen Osten siehst und die im Kleinen das Große wiedergibt. Und leider wird der Nahe Osten diesmal der Brennpunkt und auch gleichzeitig der Auslöser sein.“

László: „Aber die Umstände für die Katastrophe können nicht nur von einem relativ begrenzten Ort für das Weltgeschehen erklärt werden. Da muss es doch was Besonderes geben? Und auch die moralische Erosion der Werte weltweit ist keine Erklärung die ausreichen würde dieses Menetekel zu verstehen!“

„Also László, es hat eben mit der Prädisposition der Weltmacht USA zu tun, das Interesse der einzelnen Nationen gegenüber der Ihrigen hintanzustellen und für die Vorteile die ihr dabei als wichtig erscheinen auch Waffengewalt anzuwenden. Die Schwelle des noch Akzeptablen wird

immer weiter zurückgehen. Bald wird es keiner Ausreden und Entschuldigungen bedürfen, bald wird man einfach nach Gutdünken die Schritte für die Interessenoffenbarung einleiten. Internationale Abkommen meine Lieber László werden keine Rolle mehr spielen, die werden nur noch dem Schwachen als so genannte „Sicherheit" dienen, während der Starke sie nicht mehr einmal als moralischen Hinderungsgrund für eine Tat betrachtet. Diese Erosion des politischen Selbstverständnisses einer Völkergemeinschaft wird katastrophale Folgen haben, denn nicht nur der Krieg selber, sondern die Folgeaktionen werden furchtbar und nicht mehr steuerbar sein."

Für den Anfang war das starker „Tobak". An Furcht einflößende Bilder sind wir aus den Nachrichten schon gewöhnt und politische Hemmungen hat ja sowieso fast niemand, doch diese erste Ankündigung deutete auf den Beginn einer totalen Zerrüttung moralischer und politischer Bedingungen.

Um diese Kommunikation abzurunden bat ich meine Lehrmeister ihre Sicht zu diesen ersten Ausführungen zu geben.

Heraldo: *„Das Anfangsproblem war nicht so sehr die willentliche Absicht die Krise auszulösen und mit dem Waffengang zu beginnen sondern die Unsicherheit der Menschen sich mit dem anderen auseinanderzusetzen und ihn als Gesprächspartner ernst zu nehmen. Sieh mal László, bei euren Problemen*[1] *ist es doch einfach einer klaren Richtlinie zu folgen und diese umzusetzen. Wäre zu dieser Zeit etwas Ähnliches verfügbar gewesen wäre es nicht zum heißen Konflikt gekommen. Es wäre nur bei schlimmen Wortwechseln geblieben. Doch schauen wir dies noch ein bisschen näher an. Die beteiligten Parteien haben es nicht für notwendig gefunden die europäischen Kollegen über eine Eskalation der Empfindungen der USA zu unterrichten. Das hat dazu geführt, dass diese sich in eine Abschottung begaben und plötzlich nicht mehr die Möglichkeit sahen, den anderen endlich mal mit nüchterner*

[1] In meiner Arbeit habe ich es mit dem Management von Projekten zu tun wo Probleme oder Konflikte mit entsprechenden Managementinstrumenten gelöst werden.

Intelligenz zu begegnen. Wir erschraken wirklich als wir analysiert haben, wie wenig es bedurfte, diese weltumspannende Katastrophe auszulösen. Andere Konflikte wie der um und gegen das Dritte Reich haben einen viel rationaleren Ablauf gehabt, wobei schließlich weder das eine, noch das andere, eine Tötung des Feindes rechtfertigte."

War es den wirklich so einfach? Werden Kriege und Katastrophen die ganze Nationen ins Unheil stürzen auf Grund falsch verstandener Verletzlichkeit begonnen?! Unglaublich! Aber bei näherer Überlegung und beim Vergleich historischer Hintergründe von bewaffneter Auseinandersetzung kam ich zum Schluss, dass dies leider durchaus real und im Bereich des Wahrscheinlichen sei.

Eine weitere Kommunikation sollte mir noch zusätzlich Informationen zur weltweiten Grundstimmung vor der großen Katastrophe liefern:

Heraldo: *„László, versuch die jetzt erfolgende Kommunikation so wahrheitsgetreu wie möglich wiederzugeben. Die Bedingungen die sich uns bieten (die Katastrophe betreffend) sind nicht optimal. Wir haben eine Situation vorgefunden wo die unterschiedlichen Akteure sich gegenseitig meiden wo die einzelnen Aspekte der Herausforderung nicht klar sind und wo die Gesamtweltwirtschaft in einer Stagnation steckt. All dies sind Faktoren, die insgesamt zu einer negativen Grundstimmung für jede Krise sein könnten. Und dies ist auch hier der Fall."*

Es entstand eine Pause die ich nicht erklären konnte.

László: „Heraldo können wir wieder fortfahren?"

Heraldo: *„Das können wir László, auch wenn du glaubst, dass es Probleme gibt*[2]*, kann ich Dir versichern, dass sie nicht von Bedeutung sind. Doch nun zurück zu unserem Thema. Wir haben es dir bereits anhand einiger Beispiele gezeigt, dass die Menschen nicht in der Lage sein*

---

[2] In der meditativen Kommunikation

werden über Ihren Schatten zu springen und sich dem anderen in einer offenen Weise zu nähern."

László: „Wird also die gesamtwirtschaftliche Situation so schlecht sein, dass es die Krisenbildung fördert?"

Heraldo: *„László, es ist nicht alleine die wirtschaftliche Situation, es ist die Einstellung der Menschen in diesen kommenden Zeiten. Die hat sich nämlich merklich geändert. Es wird nicht mehr einfach werden ihnen etwas vorzumachen. Sie werden auf ihr Recht pochen Sachen zu ändern und das Unrecht das anderen widerfährt, wiederholt an den Pranger zu stellen. Dies sind dann solche Sachen die zu einer allmählichen Eskalation der öffentlichen Meinung führen, und da werden die Medien auch ihr Scherflein beisteuern. Denn, überleg mal László, die Meinung entsteht ja nicht auf der objektiven Kenntnis einer Situation, sie entsteht auf der Grundlage von Information und die wiederum wird von Meinungsmachern produziert. Der einzelne Journalist ist mit seiner Meinung solange allein, bis er vom Redakteur in den Vordergrund geschoben wird. Also nochmals, wir denken, dass die Medien zu manipulationsanfällig sind und dies nicht nur bei den visuellen Medien sondern auch bei der so genannten bunten Presse. László, miss aber solchen Fakten nicht zu große Bedeutung bei, sonst wird die Tatsache in den Hintergrund gedrängt, dass der Wert der zwischenmenschlichen Beziehungen auf einem Tief angelangen wird, das nicht ohne weiteres zu verstehen ist. Deshalb denken wir, dass man im Nachhinein nicht alles wird verwerfen wollen was in den Zeiten vor der großen Katastrophe geschah. Doch eins möchte ich dir noch vermitteln bevor du dich verabschiedest. Die ganze Sache, dass dieser oder jener Schuld war ist null und nichtig. Ihr allein seid an dieser ganzen dummen unaufhörlichen Wetteiferei zwischen unterschiedlichen Waffensystemen und den technischen Details schuld."*

***

Die Vorbereitung der *Großen Katastrophe* wird also sehr komplexe gesellschaftliche, aber auch wirtschaftliche Hintergründe haben. Im

Grunde genommen wird sowohl vom Himmlischen Vater, als auch von meinen Lehrmeistern, eine Dekadenz dargestellt, die wir als Zeitzeugen gar nicht mit dieser Klarheit wahrnehmen können. Eine weitere Kommunikation sollte mir zusätzlich die weltweite Stimmung vor diesem globalen Ereignis geben:

„Du wolltest auf die spezifischen Auslöser eingehen. Dies sind vielleicht zu deiner Überraschung tatsächlich die Dummheit, die Verblendung, die Machtgier, aber auch die Lieblosigkeit die vor dem Ereignis herrschen werden. Es ist nicht notwendig die Aktionen im Einzelnen aufzuführen;- dies ist wirklich nebensächlich."

Ich wollte natürlich ganz genaue Einzelheiten über die auslösenden Momente erfahren, mit der Hoffnung, dass dann meine Leser alle Kommunikationen ernst nehmen würden und sich als Alliierten gegen die *Große Katastrophe* verbünden würden. Meine engstirnige Vorstellung erhielt sofort eine Korrektur:

„Langt es denn nicht, dass durch eben diese Voraussetzungen die Welt wie du sie kennst, in Schutt und Asche gelegt wird. Wir befürchten, László, dass es nicht mehr ausreicht die Schuldigen oder sogar den Schuldigen zu benennen, es muss der Gesamtzustand gesehen werden um die gesellschaftliche Verrohung zu verstehen, die ein solches Ereignis möglich machen. Wir, László, die Himmlischen Begleiter und Ich, sind nur über eins wirklich erschüttert, dass ihr diese Zeichen nicht erkennt und euch nicht des Chaos gewahr werdet, das um euch in immer klarer Form zu Tage tritt. Ich denke, mehr ist nicht zu diesem Thema zu sagen es würde dem Rahmen nicht entsprechen. Du sinnierst ob dies für den Leser zu einfach oder zu generell sei? László, glaub mir, er, der wirklich zuhört und dessen Seele auf die neuen Signale empfindlich reagiert, wird diese Zeilen begierig aufnehmen und in ihnen das wahre Maß des Kommenden erkennen."

„László die Große Katastrophe hat einiges im Vorfeld ihrer Entstehung gehabt das durchaus faszinierend war. Einerseits gab es Randgruppen die bereit waren ihr Leben aufs Spiel zu setzten, um der allgemeinen

Zerstörung Einhalt zu gebieten. G gleichzeitig gab es eine größer werdende Zahl derer die von vornherein allen Maßnahmen der Befriedung feindlich gegenüberstanden und deren einziger Weg und Argument die Konfliktlösung mit bisher nie gekannter Brutalität war. Dies bedeutet nicht immer Brutalität im physischen Bereich, sondern eine Brutalität die vorrangig mit der Faust im Mund redet und dem anderen gar keine Möglichkeit der Selbstschätzung und Aufwertung, geschweige einer eventuellen Überzeugung gibt. Die Sitten sind verfallen László, dies nicht im sexuellen Bereich sondern in den gesellschaftlichen Bereichen die für das Gute einstehen sollten. All dies, László, sind Zerfallserscheinungen die eine Gesellschaft als marode und dekadent bezeichnet. Du siehst Dekadenz ist eine komplexe Angelegenheit und hat nicht immer mit dem Sexuellen zu tun. Aber auch dies, László, nimmt bei euch groteske Züge an. Ihr seid es doch schon gewohnt, dass die Frauen und Männer ihre Gefühle und auch ihre Körper in einer Offenheit vorführen die nichts mehr an Mystik und geschweige denn Romantik übrig lässt. Schade eigentlich, weil dadurch auch ein gewisser Zauber bei der Verbindung zwischen den Geschlechtern verloren gegangen ist. Klar, László Ich verallgemeinere aber wir reden hier über symptomatische Erscheinungen die euer Verständnis zum Gesamtzusammenhang der Krise schärfen soll, oder?"

„László, die Krise wird eine Situation bedingen aus der die Vorzeichen sich dann verständlich erscheinen lassen . So wird es klar sein, dass ihr es wart die es verhindert haben, dass ein Friede zwischen euch entsteht. Und wir waren nicht die Schuldigen, dass wichtige Einigungen zwischen den zwei Kontinenten nicht zustande kamen. Und warum, na ganz eindeutig. weil ihr nicht mit verletztem Stolz umgehen könnt, weil es für euch unerträglich ist in der Würde angerührt zu werden und weil ihr die Prioritäten bei der Gestaltung von Zusammenkünften falsch setzt; - nämlich auf Oberflächlichkeit: wo wer sitzt und wann wer zu Wort kommt, anstatt sich auf den Inhalt zu konzentrieren und den anderen dazu anzuregen sich positiv in der Runde einzubringen. László du, vermutest richtig, es sind Konferenzen der wichtigsten Nationen gewesen wo die Wurzeln des Konfliktes gesetzt wurden. Es hat an ***Kommunikation*** *gefehlt, es hat an* ***Einsicht*** *und* ***Verhandlungsgeschick*** *gefehlt.*

Denn Verhandlungsgeschick bedeutet nicht, wie man den anderen über den Tisch ziehen kann, sondern wie man eine Atmosphäre des Vertrauens schafft, wo der andere seine Position freiwillig preisgibt und somit die Entscheidungen nicht konkurrierend, sondern auf die Sache ausgerichtet zustande kommen. Also ein weiteres Element das für das Zustandekommen der Krise sprach.
Aber wir wollen doch noch einen der wichtigsten Aspekte des Auslösens dieser Krise erwähnen, der bisher nicht zur Sprache kam. Das ist die **Bereitschaft den anderen einfach zu ignorieren**, *klingt banal, aber ist es nicht. Denk an das Dritte Reich László, die Henker haben einfach den Menschen im anderen ignoriert, sie haben ihn einfach nicht wahrgenommen. Schau dir die Henkerspersönlichkeiten dieser Zeit an, es sind Biedermänner gewesen mit wenig Phantasie und fast mit einem krankhaften Zwang zum „nichts besonders empfinden". Ja László, wie du siehst kann dieses Ignorieren des anderen schon zu einer tiefen Feindschaft führen. Sieh mal als Beispiel was du dir im Moment vorstellst, wird nicht gerade euer Kanzler und eure Regierung von der Supermacht mit großer Sorgfalt ignoriert*[3]*. Das kann langfristig zu keinem guten Ergebnis führen, denn die Politiker sind auch Menschen. Trotz ihrer berechnenden Art sind sie auch empfindlich wie jeder Mensch. Ich denke László, dass wir die Themen des Auslösens der Krise und der anschließenden Katastrophe klar und deutlich eingefangen haben. Schreibst du diese Themen tabellarisch zusammen kommt eine ganze Menge dabei raus. Ich weiß du wirst es tun und das Ergebnis wird beeindruckend sein."*

Ich stellte die Schlagworte in der nachstehenden Liste zusammen und es wurde mir klar, dass bei einer solchen geballten weltweiten Problematik man eigentlich nicht lange auf ein Übel warten musste. Das konnte ich, auch ohne ein Friedensforscher zu sein, erkennen.

Grundstimmung und gesellschaftliche Symptome vor der *Großen Katastrophe*:

[3] Nach Beginn des Irak Krieges im März 2003 hat die USA die Länder des „Alten Europa" ignoriert und sie als Persona Non Grata behandelt.

- Bereitschaft den anderen zu ignorieren
- Brutalität der Umgangsformen
- Manipulationsanfälligkeit der Medien,
- Wettrüsten unterschiedlicher Waffensysteme
- Gewaltverherrlichung
- Dekadenz der Eliten
- Fehlende Kommunikation, Einsicht und Verhandlungsgeschick
- Dummheit, Verblendung, Machtgier, Lieblosigkeit

Trotz dieser katastrophal schlechten Aussichten suchte ich verzweifelt nach Lösungen die uns noch helfen könnten:

László: „Lieber HIMMLISCHER VATER, im Moment sind wir doch von der Krise noch ziemlich weit entfernt, zumindest nach unseren Maßstäben sind 10 bis 12 Jahre eine ganze Menge Zeit. Können wir denn nichts bewegen um die Bedingungen doch noch zu beeinflussen?"

„László, dies ist die richtige Frage. Man soll sich nicht in sein Schicksal fatalistisch begeben; man muss mit all seiner Kraft die Dinge bewegen, damit kann man tatsächlich Veränderungen bewirken. Nur den allgemeinen Trend werdet ihr leider nicht mehr ändern können, einige Aspekte aber sicher. So zum Beispiel kann schon alleine durch das Gebet bewirkt werden, dass sich die feindlichen Parteien nicht mehr mit derselben Verbissenheit sehen und, dass die Überlegungen des Mitleids bei allen Entscheidungen mitschwingen. Aber es gibt natürlich auch andere Ebenen des sich aktiv Einmischens. Geht in die Politik, macht euch bei den Entscheidungsträgern als Berater unentbehrlich, ja László wer nimmt dies auf sich? Niemand von euch, weil es anrüchig ist, und weil es so ist werden nur die an den Schaltstellen sitzen, für die Macht nicht anrüchig sondern geil und stimulierend wirkt und sie auch persönlich befriedigt. Als Konsequenz kann man sagen, dass euer Einfluss so gut und wichtig er auf der Politikebene wäre, sozusagen nicht existent ist, so bleibt „nur noch" das Gebet, und auch hier muss ich leider sagen, dass die wenigsten von euch richtig beten können sondern sich in Details und Wortklängen verheddern die ihnen den Zugang zu Mir ver-

sperren. Es wäre notwendig, dass ihr wieder zum richtigen Gebet findet."

László: „Lieber HIMMLISCHER VATER, gibt es außer diesen Maßnahmen auch noch andere die wir umsetzen sollten um die Katastrophe abzumildern?"

„Mein lieber Sohn, überlegt mal: Wir haben euch auf diese Sache schon öfters hingewiesen doch der Rücklauf war gering und ihr wart schon die Besonderen. Glaubst du, mein liebes Söhnlein, dass ihr durch Aufruf in einem Buch mehr Menschen bewegen könnt da mitzumachen? Ich bezweifele dies, denn auch wenn jemand die besten Absichten hat zu helfen, wird er zuerst mal an sich denken und erst dann die Probleme der anderen zu lösen versuchen. Gut gemeint, László, aber die Dimensionen die du ansprichst können entweder durch das disziplinierte Gebet oder gar nicht angesprochen werden."

Ich war wie vom Donner gerührt. Die Situation war eindeutig hoffnungslos. Nicht, weil wir als Menschheit nichts hätten tun können, sondern weil niemand existierte um es zu tun! Hinzu kam, dass ich von der himmlischen Ebene eine Resignation heraus hörte, die sicher kein Kompliment für unsere Zeit war. Eines war aber auch klar: Fast alle von uns waren nicht in der Lage ein Gebet zu sprechen. Ich selber konnte vor wenigen Jahren dem Begriff Gebet wenig Sinn abgewinnen, bis ich gelernt habe zu verstehen, dass das Gebet mein ganzes Wollen für eine Sache ausdrücken muss, genau wie wenn wir mit Herz und Seele eine Arbeit willentlich und mit Überzeugung wollen und durchführen. Nur mit dem feinen Unterschied, dass wir uns im Gebet an die reale Existenz eines liebenden Gottes wenden der kein Plakat, sondern ein mitfühlender und grenzenlos guter Himmlischer Vater ist. Haben wir das begriffen werden nach einigen Gehversuchen uns automatisch die richtigen Worte einfallen und mit der Zeit werden wir von allein den

Wunsch verspüren, Ordnung in unsere ganz persönlichen Gebete zu bringen[4].

2. Beginn der Katastrophe

Ich versuchte die Fragen so zu ordnen, dass aus ihnen eine gewisse Logik des Geschehens ersichtlich sei und dass die Ereignisse für alle, die dies lesen sollten, eine Identifikation mit dem Thema entstehen lassen würde.

„László, was wir hier aufführen sollten, ist das Thema des Ausmaßes der Katastrophe. Es wurde von uns schon an mehreren Stellen erwähnt, dass dieses Ereignis nicht singulär und auf einmal sein wird und, dass dies ein Flächenbrand mit eigener Dynamik sein wird, der alle in seinen Bann zieht. Denn interessanterweise werden die Menschen trotz dieser unvorstellbaren Gewalt die sie zerstört einer Faszination erliegen, die auf der Gewaltkultur beruht, die du im Moment so hautnah überall erlebst. Also es[5] wird sich um das Ausmaß drehen. Wo es beginnt? Natürlich ist dies die erste und logische Frage, denn daran kann man sich orientieren und es wird dann einfacher sein die kausalen Zusammenhänge in das allgemeine Geschehen einzuordnen. Also, László, der Konflikt wird in Israel beginnen. Es wird ein Kampf um das Überleben einer Nation sein, der falsch verstanden sein wird und andere Nationen mit sich reißt. Du fragst nicht unbedingt nach den politischen Hintergründen, sondern nach der Örtlichkeit des Geschehens. Trotzdem, László, du liegst schon richtig; - es ist Israel. Als erstes wird diese Nation von der furchtbaren Zerstörung heimgesucht, die Atomwaffen anrichten können. Es wird soweit kommen, dass es sich nur um ein bisschen unverstandenes Gefühl handeln wird, das der Aus-

---

[4] Jesus hat uns das Gebet am besten gelehrt, nach seiner Auskunft sollte jedes Gebet eine gewisse Grundstruktur haben: Ehrerbietung an den Himmlischen Vater, Erklärung seinen Willen zu tun, Formulierung der Bitte und Danksagung.

[5] Dieses Kapitel

löser für das Unbegreifliche sein wird. Der Auslöser dieses Unglücks wird sein Leben als ein besonderes Opfer für den Frieden seines Volkes betrachten, obwohl er die Verantwortung für den Untergang ganzer Generationen haben wird.[6] *László, von diesem Punkt an werden die Ereignisse sich überschlagen und die Krise wird sich auf andere Kontinente ausdehnen. Um konkret zu werden: Europa wird Partei ergreifen müssen und dies wird diesem alten Kontinent zum Verhängnis werden. Es wird sich erweisen, dass die vielen falschen Stellungnahmen und gut gemeinten Verniedlichungen des Nahostkonfliktes plötzlich in eine unübersichtliche Situation führen werden, wo die Anschuldigungen zu einer unverständlichen Stellungnahme aller führen. Wie du bereits ahnst, wird es zu einer eigenartigen Mischung aus Falschverstandenem, dunklen Absichten, aber auch Ignoranz kommen, die zu Handlungen führt, die in ein Abschotten der Europäer - der führenden Europäer zu ehemaligen Alliierten enden wird. Das wird so aussehen, dass sich das alte Frankreich zusammen mit den zentraleuropäischen Alliierten zu einem Block verbünden wird, der gegen die USA, Stellung für eine Sache bezieht, die aus jetziger Sicht unsinnig erscheinen mag, aber zum gegebenen Zeitpunkt die einzige gerechte Alternative zu sein scheint. Und dann wird das Unglaubliche wahr werden. Es wird zu einem Fehlalarm kommen, den die andere Seite, in diesem Fall die USA, als Provokation einstuft und ihrerseits einen echten Angriff auslöst. So wird die Welt in ihre schlimmste Krise schlittern, die, wie du so eben erfahren hast, auf der Brisanz der Nahost Situation, ausgelöst durch den Irak-Krieg, beruht. Das Ausmaß wird schrecklich sein, denn obwohl Europa relativ gering bewaffnet ist, wird es die Möglichkeit haben dem Gegner schmerzliche Verluste zuzufügen und ihn zu noch mehr Aktionen zu reizen. Als Resultat werden große Teile Zentraleuropas im wahrsten Sinne des Wortes verschwinden. Jetzt kommt wieder die Frage, ob dies denn nicht doch lokalisiert sein wird. NEIN László, denn die unterschiedlichen Parteien werden nicht ruhen, bis sie Allianzen mit anderen Mächten geschlossen haben, um sich abzusichern. Diese Allianzen werden ihren Preis fordern. Hinzu kommt, dass die Parteilich-*

---

[6] In einer separaten Kommunikation wurde mir mitgeteilt, dass die Israelis als Vergeltung die ganze palästinensische Bevölkerung in Konzentrationslager stecken werden. Dies wird der Stein des Anstoßes sein.

keit in den unterschiedlichen Weltregionen zu Stellvertreterkriegen führen wird. Sieh nur die zwei Atommächte Indien und Pakistan; - es wird nicht viel Überzeugungsarbeit und Ausreden kosten, diese Nationen gegeneinander aufzuhetzen und sie in ein regionales Desaster zu stürzen. England, mein lieber László, wird auch seinen Teil abbekommen, zwar haben es die Briten mit ihrer neuen großen Freundschaft nach Übersee geschafft, vor dem Schlimmsten bewahrt zu werden, doch wird es sie nicht im mindesten interessieren sich verhalten und ruhig zu benehmen, sondern sie werden auch jetzt ihre klare und ihrer Meinung nach richtige Kriegssprache beibehalten und sich so viele Blößen geben, die sie für ihre Feinde als attraktives Ziel erscheinen lassen wird. Russland, mein lieber László, kann gar nicht neutral bleiben, es ist sozusagen prädestiniert am Konflikt teilzunehmen und es wird diesmal zu deinem Erstaunen an der Seite der Chinesen diesen Konflikt angehen. Dies wird natürlich dem ganzen nochmals eine besondere Wendung geben; - denn plötzlich wird sich die amerikanische Supermacht in die Enge getrieben sehen und ihre Reaktion mit all ihren technologischen Möglichkeiten wird verheerend sein. Trotzdem, Russland wird nicht so betroffen sein, da es in den heißen Konflikt erst relativ spät eintreten wird, - sozusagen als Schmarotzer der sich noch rechtzeitig vom anderen einen Teil abschneiden möchte. Denn aus dem Konflikt wird diesmal die USA nicht unbeschadet hervorgehen. Das berühmte Homeland wird schwer beschädigt sein. Es wird viele Amerikaner an die Verwüstungen im Bruderkrieg erinnern und es wird sie daran erinnern, was es heißt, im eignen Lande vor den Kriegs-Gräueln nicht sicher zu sein. Vietnam[7] *mein Lieber, wird von diesen Leiden weitgehend verschont werden. Das heißt leider nicht, dass es nicht am Krieg teilnimmt, denn Vietnam wird es auch nicht freigestellt bleiben sich am Konflikt zu beteiligen oder nicht. Es wird auch ihm die Gretchenfrage gestellt werden.“*

„Wie es mit Lateinamerika aussieht ist in diesem Moment nicht so wichtig, daraus ersiehst du schon, dass es am Geschehen nur marginal beteiligt sein wird. Obwohl es natürlich von den Auswirkungen erheblich

---

[7] Mein besonderes Interesse gilt Vietnam, da zum Zeitpunkt als ich dieses Buch schrieb in Vietnam arbeitete.

in Mitleidenschaft gezogen wird, wie jeder Flecken auf dieser Erde. Wichtig ist noch zu erwähnen, dass die Gewichtung der Aktionen nicht nur durch die Verwendung von Atomwaffen sein wird, sondern auch durch die Intensität der Auseinandersetzung. Dafür wird es in Europa wenig Raum geben, denn dort wo die Konflikte stattfinden werden, wird es nicht mehr notwendig werden mit Bodentruppen einzugreifen. Dafür wird in Ländern mit geringem Einsatz an Massenzerstörungswaffen der Kampf umso blutiger und verbissener sein. Afrika, mein lieber László, wird auch diesmal als Spielball der globalen Kräfte behandelt, es wird keine eigenständige Rolle im Konflikt haben, was einerseits gut, andererseits für die Wahrung eigener Interessen langfristig schädlich ist.“

László: „Lieber ALLMÄCHTIGER GOTT, die geschilderten Ereignisse nehmen unglaubliche Dimensionen an. Es scheint, dass, obwohl man den Tod vor Augen hat, trotzdem die Dummheit begeht, der einmal eingeschlagenen Richtung zu folgen. Ich wollte noch gerne wissen, ob und wo biologische und chemische Waffen zum Einsatz kommen werden. Auch würde ich gerne wissen, ob sich die europäischen Völker untereinander zerfleischen werden.“

„László, du hast dich nicht getäuscht. Eine Eingrenzung der zu erwartenden Geschehnisse ist wichtig, um zu wissen wo was zu retten ist. László, lass dir aber bereits jetzt eines gesagt sein: Die Katastrophe wird so aussehen, dass die gegenwärtige Phantasie auf Erden nicht ausreicht sie wirklichkeitsnah auszumalen. Nun werde Ich dir aber trotzdem die Fragen beantworten, sie sind für dich kein Geheimnis mehr. Es werden biologische und alle anderen zur Verfügung stehenden Waffensysteme zum Einsatz kommen. Dabei wird die Vielzahl der verwendeten Waffen sogar deren Besitzer erstaunen. Die Auswirkungen werden furchtbar sein. Es werden ganze Landstriche entvölkert werden. So ist es auch verständlich, wenn nicht überall die Atomwaffen zum Einsatz kommen müssen. Wo dies stattfinden wird? László, dies ist eine Frage, die dir Angst einjagen wird. Diese Waffen werden hauptsächlich in Europa angewandt werden. Und unter den europäischen Völkern wird es kein Erbarmen geben. Es wird ein Gemetzel stattfinden das seinesgleichen suchen wird.“

László: „Aber warum Europa? Haben wir den noch nicht genug gelitten. Haben wir diese Phase unserer Entwicklungsgeschichte denn noch nicht ausgegoren? Sind die Kriegserfahrungen des ersten und zweiten Weltkrieges nicht genug gewesen?"

„László, darauf solltest du dir selber antworten und du kannst es auch, wenn du es aus Meinem Mund hören möchtest, dann kann Ich dir nur so viel sagen, dass ihr Europäer es seid, die den Krieg und die Verwüstung überallhin getragen haben und obwohl ihr euch besonders zivilisiert betrachtet, wart ihr es und werdet es sein, die anderen Rassen und Völkern Elend und Verderben bringt. Doch ihr seid nicht schlecht aber eure enorme innere Dynamik bewirkt diese Ausuferung der Gewalt durch eure Streitkräfte und eure Politik. Ihr seid leider auch diejenigen die eine klare mentale Struktur haben, um eine Zerstörung perfekt durchzuführen. Das leidige Beispiel Drittes Reich nur am Rande zu erwähnen."

„László, kehren wir wieder zu unseren Themen zurück. Ja kannst du dir denn nicht vorstellen, warum sich das ganze Unheil genau auf Europa konzentriert, obwohl du schon zu diesem Thema einige Antworten und Überlegungen bekommen hast?
Glaub nicht, dass jemand vor der Versuchung halt macht, diese schrecklichen Waffen einzusetzen. Überall und ich wiederhole ganz deutlich, überall wird es zum Einsatz dieser Massenvernichtungswaffen kommen. Nur und das stimmt leider, wird es in Europa zu extremen Situationen kommen, die der Erdveränderung gleichkommen werden.
Weiterhin sollten wir auf Einzelheiten des sich auch sonst Ereignenden eingehen. Es werden nämlich eine ganze Reihe verschiedener Waffen sein, die euch die Zerstörung bringen werden. Es werden auch so genannte biologische Waffen eingesetzt, deren Wirkung besonders peinigend sein wird, da sie unbemerkt und ohne jede Vorwarnung kommen. Denn zu diesem Zeitpunkt wird es noch keine Systeme geben, die wirksam entgegen wirken könnten. Es wird diese Effekte ganz im Gegensatz zu deinen Annahmen auch in anderen Ländern als Europa geben, denn sie sind billig und bedürfen keines großen technischen Apparates. Also,

László, die Phantasie deiner Mitmenschen werden dergestalt sein, dass sie auch Waffen einsetzen werden, die bisher noch nicht bekannt sind. Es wird so genannte Sonarwaffen geben, die dem Feind die Sinne nehmen und bleibende Schäden am Geist hinterlassen. Außerdem werden urtümliche Kräfte der Natur eingesetzt, um den anderen zu zerstören und ihn zu demütigen. Du hast solche Beispiele bereits in deinen Meditationen erlebt. Sie werden die schrecklichste Waffe sein, weil man nicht wissen wird, ob die Natur aus Meiner Hand losgelöst agiert oder jemand, d.h. der Feind dahinter steckt. Lass dir versichern László: Ich stecke nicht dahinter. Ich bewege diese Sachen nicht, auch, wenn viele gerade in ihren letzten Momenten fragen werden, ob nicht der Allmächtige regulierend eingegriffen hat, um eine Wende in den Kriegen herbeizuführen. László es hat sich in der langen Menschheitswerdung gezeigt, dass die Menschen nicht in der Lage sind, aus sich selber heraus, sich vom Übel zu lösen.
Übrigens, Asien wird leider auch in diesen Wirbel gezogen werden. Aber so groß und vielfältig es ist, so wird auch das Engagement am Konflikt ausfallen. Nein László die Zerstörung von Teilen der USA wird nicht aus Nordkorea geschehen, sie wird von anderen Staaten ausgehen. Auch nicht China wird der Schuldige sein. Du weißt, dass sich dann die Optionen minimieren."

László: „Lieber HIMMLISCHER VATER ich möchte jetzt doch auf die weitere systematische Behandlung der Katastrophe eingehen, welche Länder werden vom Krieg nicht heimgesucht werden?"

„László dies ist eine schwierige Frage, eigentlich wird jedes Land in irgendeiner Weise leiden. Doch außer den Hauptleidtragenden Frankreich und Deutschland werden die Benelux Länder leiden und die Anrainer an Deutschland im Osten."

László: „Und wie steht es mit der Schweiz?"

„Die Schweiz wird diesmal auch nicht am Krieg teilnehmen, wird aber von den Auswirkungen der unterschiedlichen Waffensysteme schwer be-

troffen sein. Vergiss nicht, dass es sich um schwer kontrollierbare Waffen handelt, die nicht punktgenau ihre Wirkung entfalten.“

László: „Wie steht es um Ungarn?“

„Ungarn wird im Schatten des Geschehens stehen aber der Schatten garantiert leider keinen Schutz, so, dass auch dein Volk nicht unberührt bleibt. Aber von der großen Zerstörung wird es ausgespart.“

László: „Italien und Spanien?“

„Ja László die besondere Politik dieser beiden Länder wird sie vor Schlimmsten bewahren, wird sie aber zur Zielscheibe für Konventionalkonflikte machen.“

László: „Lieber HIMMLISCHE VATER wie lange werden denn diese Zeiten nach der Katastrophe dauern?“

3. Dauer und Ausmaß der Katastrophe

„László, sie[8] *werden leider sehr lange dauern. Es wird ein schwieriges Kapitel für die Menschheit werden. Nicht, dass die Katastrophe selber schon schwer genug sein wird, aber die unmittelbaren Auswirkungen der Katastrophe werden eine ganze Weile anhalten. Sie werden mindestens 6 Jahre dauern und dies kann örtlich auch länger sein. Wie du mittlerweile gelernt hast, sind es flexible Bedingungen die sich örtlich und jahreszeitlich ändern können. Überleg doch einmal, an irgendeiner Stelle sind 10 Atombomben gleichzeitig gezündet worden, anderswo nur eine oder nur Konventionalwaffen kamen zum Einsatz. Wenn man die Szenarien vergleicht, wird natürlich ein unterschiedliches Wirken der Agenten sein. So wird es eine sehr bunte Landkarte des Ausmaßes der Katastrophe geben. Manchmal zweifelst du, ob tatsächlich so viel zer-*

---

[8] Die Zeiten nach der Großen Katastrophe

stört sein wird. László deine schlimmsten Träume werden wahr werden, du weißt gar nicht wie furchtbare Ausmaße das ganze annehmen wird. Länder mit Problemen die sie jetzt als unüberwindbar halten werden diese Zustände zurückweinen. Sie werden sich die gegenwärtige Misere in Oden herbei sehnen. So schlimm wird es sein, mein lieber László; - jetzt wirst du allmählich der Größe der Katastrophe gewahr werden. Es wird eine Situation entstehen wo der Mensch sich fragen wird, ob es noch Sinn macht weiterzuleben, wo er sich fragen wird ob man nicht lieber sterben sollte und ob dieser Vorgang nicht lieber kollektiv beschleunigt werden sollte. Diese Fragen werden öffentlich diskutiert werden und man wird zu Abstimmungen über kollektiven Selbstmord kommen.“

Liebe Leser, nun hatte ich doch Details, aber auch Allgemeines, über die Katastrophe erfahren. Ich hatte irgendwie ein ungutes Gefühl, dass ich nicht die Chance nutzte um systematisch Information von diesem epochalen Ereignis zu erfahren. Nun überlegte ich mir, was denn das Naheliegendste sei, was man erfahren sollte. Und gleich danach ärgerte ich mich, dass ich noch nicht darauf gekommen war. Ich hatte schon erfahren welche Länder an den Kriegshandlungen teilhatten, aus den Zeilen konnte man auch etwa interpretieren wer gegen wen sein würde. Aber klar war es noch lange nicht, deswegen wandte ich mich wieder an unseren HIMMLISCHEN VATER.

László: „Lieber ÄLLMÄCHTIGER GOTT ich bitte mich zu unterstützen die Sachlage so genau wie möglich wieder zu geben, um die Glaubwürdigkeit meiner Schrift zu stützen und somit die Menschen für das hier Vermittelte empfänglich zu machen.“

„László wir sind auch daran interessiert, dass deine Schrift einen Zugang zu den Herzen der Menschen hat, aber glaubst du nicht, dass es übertrieben ist darauf zu hoffen, dass wenn man mehr exaktes Material liefert, die Zuhörerschaft oder Leserschaft wachsen würde. László wie dem auch sei, wir werden dich so oder so unterstützen, doch bedenke die Öffnung der Herzen werden andere Faktoren bestimmen wie zum Beispiel die Erkenntnis, dass es Mich wirklich gibt, dass Ich tatsächlich

die allumfassende Liebe bin und nicht der strafende Gott der seine unfolgsamen Schafe ins richtige Lot rückt. László, dies wären die Parameter die Menschen zu bewegen, doch gehe ich gerne auf deine Fragen ein. Als erstes kann man sagen, dass im Nahen Osten das Kräfteverhältnis zu Ungunsten der Araber eine große Frustration in den Massen bewirken wird, was dazu führt, dass alle, ich wiederhole alle Kräfte der Region gegen Israel sein werden und, dass es keinen Frieden geben wird. In dieser so brenzligen Situation wird es fast ein natürliches sein, dass die Zerstörung von großen Teilen Israels durch eine hausgemachte Atombombe geschieht. Es wird dann zu noch größerer Verletzlichkeit der Zustände kommen. Man wird die Schuldigen überall vermuten und keiner wird von den Anschuldigungen ausgespart. In dieser brisanten Lage werden sich allmählich die Fronten klären, in dieser Zeit werden die Allianzen für die spätere Katastrophe entstehen. So wird zum Beispiel Frankreich wieder der Wortführer der unterjochten Araber sein und jetzt wird es nicht mehr um simple Wortmeldungen zum Thema gehen. Jeder in Europa muss die Seite wählen der er vertraut oder glaubt trauen zu können. Die neuen Alliierten im Osten werden sich an die Seite des großen Bruders USA schlagen und so gegen die Araber sein. Die alten Europäer sprich Deutschland Benelux und die Russen werden sich für eine neue Ordnung im nahen Osten aussprechen mit der Bändigung Israels. Dies wird zu tiefen Verstimmungen zwischen den ehemaligen Partnern führen und das macht das Unmögliche möglich. Ich möchte dich jedoch warnen László, dies darf niemand fatalistisch als das unausweichliche Schicksal sehen. Nur gibt es leider gegenwärtig keine Kräfte die dies ernsthaft vermeiden wollten. Deswegen warnen, denn jedwede ernste Bemühung diese Konfliktsituation zu vermeiden, würde selbstverständlich das Puzzle der kommenden Geschehnisse neu gestalten. Denk daran, dass die Zukunft ein Produkt der gegenwärtigen Zustände und deren Veränderungspotential ist. Wirke ich auf dieses ein, bin ich aktiv dabei diese Zukunft nach eigenen Vorstellungen zu gestalten. ***Je komplexer die Ausgangssituation ist, desto geringer die Wirkungskraft von individuellen Aktionen*** *und umso notwendiger einen Flächenbrand an Meinungsänderung herbeizuführen. Und genau dies ist sehr schwierig aber nicht unmöglich zu erreichen. Du hast selber gesehen László wie die Vorhersage zu dieser Katastrophe sich über* *die letzten zwei Jahre geändert hat. Am Anfang waren es noch knapp 24 Jahre bis zum eintreten des Ereignisses, mittlerweile hat sich das negative Karussell der Vorbedingungen dahingehend geändert, dass die Katastrophe schon in ca. 6 bis 9 Jahren eintreffen wird."*

László: „Lieber HIMMLISCHER VATER ich würde Dich bitten auch noch auf die Position der anderen europäischen Länder in diesem Konflikt einzugehen."

„László, auch das tun wir gerne. Du wirst sehen, dass es keine Ausnahmen gibt. Alle werden direkt oder indirekt an diesem Konflikt beteiligt sein. Es ist nur eine Frage der Zeit wann sie aktiv sich beteiligen. Es wird soweit kommen, dass Länder wie Schweden die immer neutral waren, es nicht akzeptieren werden, dass die Ungerechtigkeit im Nahen Osten als Maß aller Dinge herhält. Sie werden den USA die moralische Stirn bieten. Aber László, es wird letztendlich egal sein wer Recht oder Unrecht behält. Das Thema wird so recht niemandem etwas sagen nur die Tatsachen werden zählen und die werden auf einen allgemeinen Konflikt zusteuern, der nach einer kurzen Zeit vom kalten in einen heißen übergehen wird. Wir sind sicher, dass diese Ideen bei vielen von Euch auf Unverständnis und Kopfschütteln stoßen werden. Nur werden sie im kommenden Krieg dann leider bewiesen werden."

Die Antwort war klar und für mich bedurfte es keiner peinlicher Einzelheiten wer gegen wen sein würde. Das Ganze hörte sich sowieso schlimm genug an. Doch hatte ich mir zur Pflicht gemacht, das Thema gründlich und gemessen der Schwere zu ergründen. Ich fand es auch unschicklich nach den bombastischen Verlustzahlen zu fragen. Die Realität würde ja noch schlimm genug sein. Doch ein Thema schien mir noch wert zu sein es zu beleuchten: bei einer früheren Kommunikation wurde erwähnt, dass ganze Landschaften in Vergessenheit geraten würden. Ich war mir damals nicht sicher ob ich es falsch verstanden hatte oder auch nicht. Mir wurde aber bestätigt, dass ich alles korrekt und im richtigen Wortlaut aufgenommen hatte. Jetzt war also der richtige Moment das Bild der großen Katastrophe korrekt abzurunden und eine Vorstellung von den Veränderungen auf unsere Umwelt zu bekommen.

László: „Lieber HIMMLISCHER VATER ich wende mich respektvoll an DICH und bitte, dass ich mit DIR zu den oben erwähnten Fragen kommunizieren darf.“

„Als erstes sollst du erwähnen, dass die Wirkungen aller eingesetzten Waffen lange, leider sehr lange anhalten werden. Es wird sozusagen ein permanentes Kämpfen gegen die Wirkungen dieser Waffen geben. Stell dir vor, es sind Bomben abgeworfen worden die ganze Städte entvölkern, und nicht genug, es wird Bomben geben die lautlos ihre Fracht unter die Menschen bringen werden und die Fracht wird ihrerseits unbemerkt ihre Wirkung antreten - dann aber umso schrecklicher.
Doch wollten wir uns auf die Umweltwirkungen konzentrieren. László stell dir vor was geschieht, wenn zugleich zehn Atombomben auf eine Fläche fallen und jede die Sprengkraft von 10 Hiroshima Bomben hat. Nichts, aber auch gar nichts bleibt an seiner Stelle. Der Boden wird nicht mehr existieren, keine Pflanze, kein Tier wird mehr da sein. Solche Ökolöcher wird es zuhauf geben, denn mit den menschlichen Siedlungen und Anlagen wird auch die Natur verschwinden. Wo fragst du? An erster Stelle wird Frankreich die geballte Ladung abbekommen und dort wird der Norden Frankreichs der Hauptleidtragende sein. Doch dann sind wir auch schon bei deinem Deutschland, das unverständlicher weise als Hauptaggressor betrachtet werden wird, trotz der Tatsache, dass es sich diese Waffen gar nicht leisten kann und will. Du willst noch in größere Details gehen? Ja langt es denn nicht zu wissen, dass das ganze Mitteldeutschland eine einzige Wüste sein wird, die sich bis an das Erzgebirge ziehen wird. Es wird viele Generationen von Förstern bedürfen um den Schaden mindestens zu vertuschen denn beheben wird man ihn nie wieder können.
Ihr müsst in euch gehen und überlegen, was denn so eine sinnlose Verwüstung für Konsequenzen für die Einschätzung der menschlichen Psyche hat. Nein du kannst hinter so etwas keine simplizistische Denkweise vermuten. Es werden Analysen notwendig sein, um dies richtig zu ergründen.
Die Welt wird sich insgesamt verändern. Die Atmosphäre wird noch lange hoch ionisiert bleiben mit der Konsequenz, dass die Kommunika-

tion sich anders gestalten muss. Es wird auch Einflüsse auf die Meeresströmungen geben, die wie du sehr gut weißt, das Klima anders gestalten lassen. Nichts wird mehr sein wie es vorher war. Die Flora und Fauna wird sich weltweit dramatisch verändern. Ganze Artenfamilien werden wegen der veränderten Bedingungen zu Grunde gehen. Dein Hang nach Datensicherung über Forstbäume wird noch lange ihren Widerhall finden, denn die Fauna und Flora vieler Weltgebiete wird sich allmählich verändern. Wir hoffen, dass das Szenario nicht zu dramatisch für euch sein wird.
Es wird aber auch seine positiven Seiten haben. Es wird Menschen geben, die in der Lage sein werden, die Situation als einen Neubeginn zu betrachten und sich beim Neubeginn eine Chance ausmahlen die Arbeit diesmal richtig zu machen. Du ahnst es richtig: Die Zeit der modernen Planer wird kommen und der waghalsigen Ideen.
László, bevor du dich von dieser Arbeit verabschiedest noch folgender Hinweis: Wir sind uns sicher, dass diese Katastrophe wie eine Katharsis sein wird und euch in das neue Jahrtausend katapultiert, wo es neue Abenteuer für eine recht heimgesuchte menschliche Rasse geben wird.“

Ich ertappte mich bei wiederholter Lektüre der Kommunikation, dass mich die Ereignisse, die auf uns zu kommen, in ihren Bann zogen. Erstens wegen ihrer singulären Bosheit, und wegen ihres kaum vorstellbaren Ausmaßes. Und somit musste ich leider erkennen, dass ich auch nicht besser war, als die Gaffer die sich schnell bei ungewöhnlichen Ereignissen einfinden. Dem Zeitgeist kann man sich eben nicht in allen Aspekten entziehen und dies ärgerte mich.

***

László: „Liebe Lehrmeister, respektvoll wende ich mich an Euch und bitte mit mir zu kommunizieren. Wenn jemand zugegen ist, bitte ich ihn, sich an mich zu wenden und mir mitzuteilen was er noch zu den Wirkungen aus seiner Sicht sagen möchte.“

„László, wir sind tatsächlich hier und stehen dir zur Verfügung - auch heute bin ich der, der dir Rede und Antwort steht.“

László: „Virgilio?"

„Ja."

László: „Kannst du mir auf die Frage antworten?"

„Kann ich. Wir haben die Szenarien fein säuberlich auseinander dividiert und sind zum Schluss gekommen, dass es völlig egal ist, wo du auch in Europa bist, es wird dir überall schlecht ergehen an einem Ort mehr am anderen weniger, aber überall. Wir wissen auch, dass ihr als Akteure die Wichtigsten sein werdet. Denn ihr werdet nicht so lange ruhen, bis ihr einen Ausweg zu sehen glaubt, wie dieses schreckliche Gemetzel zu Euren Gunsten beendet werden kann. Eins ist ebenfalls sicher, die Bosheit mit der ihr konfrontiert sein werdet hat nichts mehr Rationales. Es wird die schiere Verblendung sein, die Wahnvorstellung der Macht."

„László wir können dir genau mitteilen was die Situation während der Kampfhandlungen sein wird. Was du eben im Fernsehen erlebst, wird ein Angenehmes gegenüber dem sein was ihr jetzt bald durchstehen müsst. Als erstes kann ich dir sagen, dass die Wirkungen der Atombomben den Weg vorbereiten für die nächstfolgenden Schritte die aus so genannten weichen Waffen bestehen werden. Diese werden die Wirkungen des Krieges in eine neue Dimension führen, denn neben der direkten Zerstörung wird dadurch ein dahinsiechen der Bevölkerung bewirkt. Es wird kein Entrinnen geben. Viele werden bei lebendigem Leibe begraben werden, da man fürchtet, dass sie weiter die Krankheit verbreiten werden."

László: „Wird man sich denn nicht schützen können, kann ich meinen Mitmenschen nicht etwas mitteilen, wie sie in dieser schweren Zeit sich und ihre Lieben vor dem Schlimmsten in Sicherheit bringen können?"

„László das sind nicht irgendwelche Konflikte im üblichen Sinne wo abzusehen ist wohin der Feind kommen wird und welche geographisch

bestimmbaren Flächen in Mitleidenschaft gezogen werden. Das sind andere Dimensionen mein Lieber. Es sind sozusagen neue Maßstäbe der Zerstörung, man wird in Einheiten pro Bevölkerung rechnen und die Wirkstoffe entsprechend verteilen. Doch gibt es immer auch hier Nischen wie man sich verstecken kann. Die sicherste Methode ist außer Landes zu gehen und versuchen das Weite zu suchen. Aber vielen wird es nicht gegeben sein dies zu tun. Ein paar Glückliche werden darüber informiert werden. Andere werden die Möglichkeit haben einfach bei Beginn der Probleme wegzugehen. Aber im Zentrum des Geschehens werden nur zufällig einige wenige Überleben, der Rest wird entweder sofort oder später sterben."

László: „Darf ich nochmals erfahren welche Bundesländer in Deutschland von der Katastrophe ausgespart werden?"

"Wir haben dir bereits gesagt, was wirklich das Zentrum sein wird, also nochmals: der Süden wird am wenigsten zerstört, aber von anderen Waffen heimgesucht. Der Norden wird sporadisch zerstört werden aber der Rest - denk gar nicht daran."

László: "Eine Frage habe ich noch: Werden in Zukunft die Deutschen immer noch als die Bösewichte dargestellt oder wird es in der Zukunft andere geben die dafür in Frage kommen?"

„László in der Zukunft wird es solche Gewaltdarstellungen nicht mehr geben (wie heute). Man wird verbieten Gewaltszenen, wo der andere umgebracht wird, zu zeigen und übrigens wird deine Nation so etwas wie die ungerecht gelittene Nation sein. Man wird sie eher als den moralischen Sieger feiern und sie wird ein neues Ansehen bekommen."

László: „Virgilio möchtest du mir nicht etwas mitteilen, das aus deiner Warte wichtig ist, was deiner Meinung nach in diesen Zeiten des Krieges für uns Menschen auch eine praktische Bewandtnis hat?"

„Doch László das möchte ich schon nur zögere ich, da es sich um Themen handelt, die für viele von euch sehr abstrakt sein werden."

László: „Versuch es trotzdem, wir werden ja sehen."

„Also László, ich denke, dass die wichtigste Erkenntnis in den ersten Tagen der Krise sein wird das man niemandem vertrauen kann. Plötzlich wird sich eine ganze Nation bewusst werden, dass man anderen nicht trauen kann und, dass man bei wirklich schwierigen Situationen auf sich gestellt ist. Diese Erkenntnis wird bewirken, dass ein neues Nationalgefühl entstehen wird und, dass die Menschen in Deutschland sich mehr zu ihren Ursprüngen bekennen und einsehen, dass sich das Hingeben an die Völkergemeinschaft eben mit Gefahren verbunden ist die man nicht einschätzen kann. Weiterhin wird die deutsche Nation schmerzlich feststellen müssen, dass sie nicht allein agieren kann, trotz dieser neuen Selbstständigkeit. Und dies wird dazu führen, dass der Einzelne plötzlich wieder ein für sich klares Verhältnis zu seinen Wurzeln erfährt. Es ist kein Widerspruch László, wenn jemand seine Heimat nur dann verteidigen kann, wenn er mit anderen Bündnisse eingeht. Dies ist so und sollte auch bei anderen (Nationen) klar sein."

László: „Liebe himmlischen Helfer, gibt es jemanden der mir zur Seite steht und mir vielleicht auch über die Umwelt einiges sagt oder meint ihr, dass das Thema schon ausführlich genug behandelt wurde?"

„Ihr werdet sehr unglücklich aussehen. Ihr werdet ein nahezu perfektes Deutschland in totalen Scherben erleben. Nichts wird mehr sein wie früher. Nur László dies bezieht sich leider auch auf die Natur, die wird sich nie mehr erholen. Was ihr in mehreren Jahrzehnten geschaffen habt, werden eure Feinde in wenigen Tagen zerstören.
Die Sache wird derart intensiv sein, dass es in die Geschichtsbücher späterer Generationen als der größte Waffengang überhaupt eingehen wird. Die deutsche Nation wird auf ein klägliches Drittel reduziert werden und dieses wird dann auch noch auf verseuchtem Boden leben müssen. Und doch glaub mir László, dies werdet ihr auf wundersame Weise überstehen und die genetische Dynamik wird ausreichen um aus deiner Nation wieder eine kreative und gottesfürchtige Nation von Erfindern und Gelehrten hervorzubringen."

László: „Aber Heraldo kannst Du mir sagen wie die Verstrahlung sein wird, wie die Pflanzenwelt sowie die Wasserversorgung aussehen wird?“

„Ja László, kann ich; - also fangen wir systematisch an. Die Verstrahlung wird nur in Teilen schlimm sein, denn die Explosion hat sozusagen die Kräfte auf eine Fläche verteilt die nicht mehr als aktive Substanz lange gefährlich sind. Doch Strahlenopfer wird es trotzdem viele geben. Zur Wiederholung: die Proportion zwischen freigesetzter Energie und Verstrahlung wird gering sein. Die Flora, László, wirst du nicht wieder erkennen. Es werden ganze Waldtypen verschwinden. So wird es die mitteldeutschen Eichenlaubwälder nie mehr geben, es wird auch keine Edelhölzer in Mitteldeutschland geben, weil die Wärmeregulierung sich in eine Richtung bewegen wird, wo sie nicht mehr gedeihen können. Baumarten die von all dem profitieren werden, wird die Douglasie mit ihrer großen Amplitude sein. Der Wasserbereich wird auch seine Probleme haben, denn das Grundwasser wird vorübergehend fast an allen Stellen verseucht sein, aber nicht nur atomar, sondern auch mikrobiotisch. Du wirst lange Zeit in Deutschland kein Wasser ohne besondere Filtereinrichtungen trinken können.“

László: „Also eigentlich eine Apokalypse?“

„Ja, eine selbst gemachte, die ihr aber auch überstehen werdet.“

László: „Danke Heraldo für deine Unterstützung.“

4. Ende der Kampfhandlungen

Ich versuchte nach dieser neuerlichen Information verzweifelt zu überlegen, was ich denn wirklich noch über die Katastrophe in Erfahrung bringen sollte, um das Bild richtig abzurunden. Nun wissen wir wie es anfing, wer beteiligt war, was für Waffen benutzt wurden, wer mit wem Partei ergriff. Ich erfuhr auch wie ungefähr die Auswirkungen das ganze haben würde. Ja und endlich fiel mir auch ein, dass ich fragen sollte wie dieser Horror zu Ende kommen würde.

László: „Lieber HIMMLISCHER VATER ich bitte mir mitzuteilen wie dieses Ganze endlich zum Stillstand kommt und wer die treibende Kraft für diesen Stillstand sein wird?"

„László, die Kraft wird bei den meisten versiegen. Sie werden kein Interesse mehr haben einen Kampf auszutragen oder ihn sogar abzuwehren. Es wird den meisten, nicht allen, egal sein wie der Kampf endet, hauptsächlich, dass er zum Stillstand kommt. So László, das werden die Ausgangszustände sein. Wer damit als erstes beginnt wird Deutschland sein. Dein Land hat sowieso die ganze Zeit am Konflikt passiv teilgenommen. Ein Kriegstreiber war Deutschland diesmal nicht. Aber es wird nicht ausreichen, wenn die eine Seite aufgibt, solange die andere weiter zerstört und tötet ist eben der Krieg noch nicht vorbei. Die USA, die leider in diesem Fall den Bösewicht spielen werden, werden sich nicht mit einem Pyrrhussieg zufrieden geben. Sie werden solange das Zepter schwingen, bis keine Feinde mehr vorhanden sind. Der totale Sieg wird für sie winken, aber mit einem Preis, den sie sich nie gewünscht hätten. Denn sie werden die Schuldigen und auch die Sieger sein. Doch ihnen wird der Sieg wenig Freude bereiten. Das Elend das sie für die Erde bringen wird so enorm und unvorstellbar sein, dass sich noch Generationen mit dieser Schuld beschäftigen werden. Nein, eine Strafe wird es für sie in dem Sinne nicht geben, dafür wird ihre Macht zu fest bestehen bleiben. Doch die Gerechtigkeit wird von innen erwachsen und László, sei hoffnungsfroh, sie wird gewinnen und es wird wieder ein Kontinent werden, dem man vertrauen und auf den man zählen kann. Die Zeiten dahin werden aber dunkel sein: - es wird schreckliche Ereignisse geben. Eure Phantasie reicht dafür nicht aus, sich vorzustellen, wie die Machtverhältnisse in den USA und den anderen Ländern sich entwickeln und welche Ordnungsmechanismen greifen werden."

László: „HIMMLISCHER VATER wird es einen Friedensvertrag geben? Wird es eine Kapitulation geben? Was wird der faktische Schluss dieses Gräuels sein?

„László, vielleicht ist es für dich schwer vorstellbar, aber dieser Krieg wird einen ganz ungewöhnlichen Verlauf nehmen, die Sieger werden sich bei den Besiegten entschuldigen und es wird keine Friedensverträge geben, es wird kein formales Ende des Gemetzels geben es wird aber eine Ermüdung der Parteien geben, die in einfacher Hoffnungslosigkeit enden wird. Schwer verständlich? Nein, László, denke doch nur an die jüngste Erfahrung[9]*: Iist es nicht auch so, dass es zwar einen klaren Sieger gab, aber es gab nichts Besiegtes, weil die andere Seite einfach nicht existent war. Diesmal wird es auch so sein aber mit dem Unterschied, dass jetzt das Gegenüber ausgelöscht wurde. Das Leid wird ganz schrecklich werden László, - versuch es dir gar nicht vorzustellen. Es wird ganz schlimm, ja László, ich bin ganz traurig, dass ihr da hineinschlittert und ich kann nicht helfen. Warum, das haben wir dir erläutert."*

„Lieber László, wir sollten einen zusätzlichen Weg aufführen der in der Katastrophe entstehen wird und der schließlich entscheidend sein wird, um den Ausgang zu verstehen. Also die Deutschen werden ein Flugobjekt entwickeln, das nicht nur ausgezeichnet fliegen wird, aber das auch in der Lage sein wird, den Feind in diesem Fall den transatlantischen Bruder zu sehen in auszuspähen und ihm gleichzeitig so zu schaden, dass er davon nicht mal Kenntnis hat. Warum dies entscheidend sein wird? Weil der Feind dies als Provokation bezeichnen wird, die ihn noch mehr in Rage versetzt und er seine Kraft auf die Zerstörung der Deutschen konzentrieren wird. Ich glaube László, dass ihr wissen müsst, dass die Verwendung dieser Mittel nicht angebracht sein wird, denn es schadet letztendlich euch selber. Ihr werdet soweit sein, dass ihr damit eine klare Dominanz der kommerziell herstellbaren Flugkörper haben werdet und dies, obwohl ihr nicht daran denkt, euch als Großmacht nochmals zu profilieren. Ich bitte Dich, betrachte dieses als

---

[9] Irak-Krieg

eine Information die es euch ermöglicht, negative Effekte in Grenzen zu halten."

***

László: „Meine verehrten Lehrmeister, ich bitte Euch auch heute mir aus Eurer Sicht zu sagen wie die Kampfhandlungen enden werden."

„László, wir glauben dass es für das Verständnis der Ereignisse nützlich ist, sich ein Bild von der Situation am Ende der Kampfhandlungen zu machen. Stell dir vor, die ganze Welt weiß, dass es keine Option als den Frieden gibt und trotzdem versucht die eine Kriegspartei die andere zu demütigen und bei ihr alles zu zerstören. Es ist nichts mehr da was man dem anderen nehmen kann. Es werden keine Staatsstrukturen mehr existieren, es wird kein Gegenüber formaler Art vorhanden sein. Es wird nicht mal mehr ein Gemeinwesen in irgendeinem Teil eures Landes existieren. Da kann man mit niemandem einen Frieden schließen. Was es aber geben wird sind Bürger und deren notgedrungene Zusammenschlüsse um sich für das Alltägliche zu organisieren sei es nur um die Toten zu bestatten. Düstere Aussichten - und die werden vorherrschen. Denn es wird noch bis zu zwei Jahre nach den Kampfhandlungen dauern, bis Deutschland sich als Land wieder beginnt zu organisieren. Und wiederum wird es fünf Jahre dauern, bis die ersten staatstragenden Strukturen zu funktionieren beginnen. Bis allerdings der Aufbau wieder in Gang kommt, wird es fünfzehn Jahre dauern. Alles in allem werden sich noch Generationen mit der Beseitigung der Kriegszeichen beschäftigen. Trümmerfrauen haben in dieser Zeit dann keinen Sinn, denn es wird keine Trümmer in diesem Sinne geben und das was als Trümmer erkenntlich bleibt wird so verstrahlt sein, dass man es am liebsten unauffindbar vergraben möchte.
Unter diesen Bedingungen, László, ist es völlig egal, was der Feind denkt oder was er machen möchte, denn das Gegenüber hat ihm nichts entgegenzusetzen, und doch wird er sagen können, dass der Krieg nicht seine Initiative oder seine Geburt war."

„László, wir haben es gar nicht gern, wenn wir nur über Negatives berichten müssen, aber in diesem Fall bleibt uns nichts anderes übrig. Wir haben die ganze Zeit gehofft, es würde doch noch im letzten Augenblick eine Wendung kommen und einer von euch könnte das schlimmste abwenden. Also László, wir sehen wie die Menschheit klar und deutlich auf diesen Abgrund zustrebt und es kein entrinnen gibt."

László: „Liebe Lehrmeister ich bedanke mich für eure Gegenwart, ich danke euch, dass ihr eure Zeit mit mir verbringt. Ich werde jetzt versuchen mich für die Erde einzusetzen. Der liebe Gott segne euch."

***

Ich hatte erklärt, dass ich SEINEN Weg gehen möchte und alles was SEIN Wille sei ich erledigen möchte, dies ist was ich als Antwort erhielt:

„In diesen Zeiten des Chaos wird es für euch wenig Optionen geben, die Euch auf den Weg ins bessere Zeitalter und zu Mir führen. Ich möchte László, dass du verstehst, dass es sich hier nicht um irgendwelche Allerweltsformeln handelt, sondern um Lebensoptionen, die der Mensch sich suchen kann, wenn er einen ehrlichen Wunsch hat sich zu verbessern. Die erste wird sein, dass der Mensch überlegen muss, was sind die Grundlagen des Zusammenseins zwischen euch und wie können diese so gestaltet werden, damit in der Zukunft solche oder ähnliche Grausamkeiten ausbleiben. Dies wird eine immer wiederkehrende Frage sein die du auch zu beantworten hast. Die Antwort wird einfach ausfallen müssen. ***Liebe deinen nächsten wie dich selbst dann kannst du den Himmel erreichen.*** *Wie du siehst, ist es eine einfache und konkrete Sache die ihr verfolgen müsst, sonst droht wieder Unheil und Verwüstung. László, dies ist aber nicht alles. Die Umsetzung dieser schlichten Lebensformel ist eine eigene Lebensphilosophie und wird dann zu leben beginnen, wenn man sich der Konsequenzen bewusst wird, was das bedeutet. Es bedeutet nämlich, dass ihr euch in allen Lebenslagen sei es das persönliche Wohl, die wirtschaftlichen Umstände und die Sozialisierung mit anderen, mit dieser Aufgabe leben müsst. Es heißt, dass ihr*

den anderen auch in schwieriger Situation die Option lasst, sich zu entschuldigen, sich zu verstehen zu geben und aber auch sich um sein Schicksal zu kümmern. Diese Toleranz wird dann in eine echte Liebe zum anderen münden und nicht nur in Lippenbekenntnisse oder verworrene Gesetze des Zusammenseins."

„László, es hat den Anschein, dass du nicht überrascht bist. Das ist gut, das bedeutet, dass du bereits etwas auf deinem Weg gelernt hast und siehst, dass es eigentlich sehr einfach ist den anderen richtig zu lieben und ihn glücklich zu machen. László die große Katastrophe wird für die Menschen auch eine große Chance werden sich wieder auf den Weg zu Mir zu besinnen und sich auf ihm über ihre Lebenswege zu Mir zu bewegen."

5. Physische Qualen und deren Heilung

„Du möchtest noch mehr Information über das wie und wann bekommen? Wie du schon gemerkt hast, werden dir ab und an Bilder zugetragen, die das Gesamtbild der kommenden Ereignisse von Mal zu Mal mehr abrunden. Es werden noch schlimme Jahre des Danach kommen. Es werden eigentlich die schlimmsten Jahre sein, für viele ohne Hoffnung und ohne Perspektive, aber mit der Gewissheit, dass es ein alles umspannendes Schicksal gibt, das sie aber nicht in der Lage waren zu beherrschen. László, es wird furchtbare Zeiten geben. Du musst nicht denken, dass alles zerstört sein wird, auch in den meistbetroffenen Ländern wie Frankreich und Deutschland nicht. Auch hier, wird eine neue Zeit beginnen und du hast ja selbst bereits erfahren, dass die deutsche Nation sich wieder eine besondere Rolle suchen wird. László, deine Zweifel sind unbegründet, denke nicht, dass es sich wieder um Deutschtümelei handelt, es sind Tatsachen die Geschehen werden."

„Doch nun zu den praktischen Überlegungen für die Hilfe László. Nicht nur schöne Worte werden gebraucht und seelische Hilfe, denn viele Menschen werden unheimliche Qualen erleiden."

„László, es wäre ratsam die Beschreibung der erlittenen Schäden aufzuführen, dies wird sehr erhellend sein. Als erstes müssen wir dir leider sagen, dass die Wirkung sich als erstes durch den Einsatz der Atomwaffen sein wird. Die wirklichen Opfer werden sich diesen Waffe ,aussetzen und es wird ein mehrstufiges Leiden zu beobachten sein. Erstens wird es die geben, die sich nicht mehr bewegen werden können und so versorgt werden müssen. Dann wird es einige geben, die eine solche Erfahrung mit den Atomwaffen hatten, dass sie ihre Sinne nicht mehr nutzen können. Dann wiederum wird es eine große Schar von Menschen geben, die nicht mehr in der Lage sein werden, sich zu gewissen Aktivitäten zu begeben. Aber das meistverbreitete Leiden wird das der seelischen Vereinsamung und der permanenten und weit verbreiteten Angst vor den möglichen Folgen der Atomstrahlung sein, denn sie werden Recht behalten. Es wird ein ständiges Sterben geben das von den Strahlen verursacht wird. Aber, László, glaub nicht, dass es unumgänglich ist diese Leiden zu haben, es ist auch in dieser so furchtbaren Zeit möglich sich vor dem Schlimmsten in Gewahrsam zu begeben. Es hat alles damit zu tun, wie man sich entscheidet was zu tun, wenn die großen und schrecklichen Sachen vorfallen."

„László, aber fahren wir fort die Themen zu entwickeln. Es wird zu großen und unübersichtlichen Gefechten kommen, wo die ganze Organisation, die bei euch immer so hoch gepriesen ist, plötzlich nicht mehr relevant sein wird und jeder für sich und gegen alle stehen wird. László, dieses Gemetzel wird überall zu beobachten sein aber wie gesagt hauptsächlich in Europa, der Schauplatz so vieler wichtiger Weltereignisse und jetzt auch von dieser Welttragödie."

6. Beziehung der Menschen zu Gott

László: „Lieber HIMMLISCHER VATER ich bitte DICH mich bei dieser Schrift zu unterstützen. Ich würde gerne wissen was für die Menschen in ihrem Alltag wichtig sein wird, damit sie diese schreckliche Situation überstehen?

„László, wir haben dir bereits ganz klar gemacht, dass es in diesen Zeiten der großen Zerstörung gar nichts gibt, was die Menschen über die Zeit hinweghilft, wenn sie sich nicht Meiner besinnen. Es wird keine Flucht mehr in abstruse Sinnestäuschungen geben. Es wird keinen sogenannten Zerstreuungen geben. Es wird nur den Weg zu eurem Gott geben oder die Verdammnis, bedingt durch die Sünde gegenüber dem Nächsten. Darüber soll man sich klar werden. Es wird die große Zeit der Klärung sein. Es wird die Zeit der Konzentration auf das Wesentliche sein, László, wo ihr Menschen gezwungen sein werdet, euch auf den Kern des Seins zu konzentrieren und zu versuchen Mich dort zu finden.
Ja László, dein Empfang ist gut genug um dich nicht getäuscht zu haben. Wir werden selbstverständlich bei euch sein aber wie du es täglich erfährst, muss eine Freiwilligkeit bei der Umkehr zu Mir stattfinden. Es wird nicht ein Blitz kommen und euch zu uns bekehren. Aber auf der anderen Seite werden jene, die, die innere Chance genutzt haben, die große und auch reale Welt kennen lernen die für euch in ihrer Herrlichkeit offen steht und die ihr durch fehlenden Kontakt mit uns nie zu Gesicht bekommen habt.
László, das werden die wichtigen Umstände sein, denn überleg, es ist Krieg, es ist ein Inferno an Aktionen, es gibt nichts wo man Schutz suchen kann, es gibt keine Hoffnung und in dieser Zeit kann Ich dir nicht mit einigen Formeln des Überlebens der physischen Hülle helfen, es müssen grundsätzliche Gedanken erörtert werden. Wenn die Menschen sich über diese tragenden Prinzipien der Geisteshaltung klar sind, werden die physischen Erleichterungen fast wie von selbst kommen. Das weißt du László, dafür bist du das beste Beispiel. Denn solange ihr nicht erkennt, dass das Gebet eine Art ist mit mir, dem SEIN, in Verbindung zu treten und einen Dialog aufzubauen, solange ihr in dem unverständlichen Tohuwabohu vor euch her werkelt, solange kann die himmlische Ebene nicht ihre Herrlichkeit bei der Hilfe für euch entfalten. Es ist nun mal so László und du hast es am eigenen Leib erfahren. Solange man nicht aus freien Stücken und mit Begeisterung seinen Gott sucht, wird es schwierig sein, seine Hilfe, dann wenn nichts mehr geht, abzurufen als wäre man schon immer in

Verbindung gestanden. Auf der anderen Seite wird es die letzte Güte immer geben. Die Liebe wird immer für euch vorhanden sein und euch umarmen wenn ihr es denn wollt. Lieber László, wir sind uns sehr bewusst, dass diese Zeilen viel Stoff bieten um euch zu einer bisher nicht gekannten Überlegung zu bewegen. Aber glaub mir László, die Zeiten von umschriebenen und dialektisch geführten Abhandlungen über den lieben Gott und seine Existenz und das Potenzial des ihn Gebens, sind vorbei! Man wird sich nationenweit fragen müssen, was ist eigentlich Religion und Gott und für diese Fragen wird es einfache Antworten brauchen die du eben jetzt schreibst!"

„Hab keine Angst László, es wird nicht die Rolle des Heilsverkünders sein die du innehaben sollst, auch wenn du bereit wärst, jede Rolle für mich zu übernehmen. Es wird die einfache aber sehr edle Rolle des Beispiels sein, den Menschen zu zeigen, dass es den Gott der Liebe gibt der Barmherzigkeit und nimmer endenden Güte! Ja László, dann wird deine bescheidene Schrift ihren Dienst erweisen. Sie wird den Menschen als einfacher, aber auf wunderbare Weise einleuchtendes Beispiel sein, wie ihr Gott auf sie zuzugehen bereit ist und, dass er eigentlich immer schon darauf gewartet hat, dass seine Kinder sich an ihn wenden. Das ist es László was du vermitteln wirst. Es wird für viele ein nicht gangbarer Weg sein, denn sie werden sich blind und taub für solche Wahrheiten zeigen, denn sie werden vom Hass und der Hoffnungslosigkeit verblendet sein. Doch wird es wiederum andere geben die gerade in diesen dunklen Zeiten sich auf dein Büchlein besinnen werden und was du am eigenen Leib in der Reportage erfahren hast. Man wird in dir ein einfaches aber anschauliches Beispiel sehen. Das schöne dabei wird sein, dass du kein Heiliger, kein Prophet, nicht ein Stigmatisierter bist, sondern ein einfacher Bürger der sich auf seine innere Stimme besonnen hat und mit großer Begeisterung den Weg zu mir gesucht und gefunden hat. Das werden die Ereignisse sein László, die vorfallen werden vorausgesetzt, dass du tatsächlich mit deinen Plänen fort fährst und diese Schriften zu Ende bringst."

„László, ich bitte dich, dass du noch folgendes aufnimmst:

Es muss für euch Menschen im Dunkel der Ereignisse klar sein, dass der Gott euer Schöpfer auf gar keinen Fall euer Elend will. Er möchte dass ihr ALLE zu Ihm findet und für alle Zeiten das himmlische Glück genießen könnt, aber Er ist nicht in der Lage euch gegen euren Willen aus dieser Situation zu befreien, dass hängt alleine von eurer Bereitschaft ab."

***

László: „Liebe Lehrmeister ich versuche auch heute mich an Euch zu wenden um langsam aber sicher mit meinem Buch voranzukommen. Ich bitte Euch mit mir zum Thema „Beziehung der Menschen zu Gott in den schwierigen Zeiten nach der großen Katastrophe" in Verbindung zu treten.

„László, es kann nicht sein, dass ihr Menschen so auf euch zentriert seid. Dies wird nicht eine für euch einfache Situation bedingen, ihr müsst in der Lage sein, mit Eurem SCHÖPFER ein Verhältnis aufzubauen, welches euch erlaubt mit großer Klarheit die Verbindung zu IHM zu erkennen und zu verstehen. Denn eins hast du ja gelernt László, dass, obwohl es komplex ist, kann man es durchaus verstehen. Die Zeiten nach der Katastrophe werden besonders vom Mangel einer Klärung der Beziehung Mensch und seinem Gott geprägt sein. Doch täusche dich nicht, trotz dieser so polarisierten Situation wird gerade in dieser Ära das Verhältnis Mensch und Gott eine andere Wendung nehmen. Es wird möglich werden, einen neuen Weg einzuschlagen um mit IHM die Möglichkeiten der Verbunden seins zu sehen. Dabei wird es wichtig sein Festpunkte in diesem Verhältnis zu identifizieren, denn ohne die wird es keine Grundlage des Zusammenwachsens geben. Diese Festpunkte existieren schon seit einigen Tausend Jahren, das Rad muss nicht neu erfunden werden. Wenn man diese zehn Festpunkte (die Zehn Gebote) vor Augen hat, dann hat man schon einen ersten Ansatz."

„Die Zeiten in denen ihr leben werdet, werden derart sein, dass es unmöglich sein wird Sachen zu machen, die nicht im Einklang mit der ALLMÄCHTIGEN WEISSHEIT sind."

László: „Diesen Satz verstehe ich nicht Heraldo?"

„Nein, Horacio, aber folgendes ist gemeint László: wie kann man in diesen extremen Zeiten sich entwickeln wenn nicht durch die Güte unseres HERRN. Nun um dies zu erkennen muss das Individuum eine Reifung durchleben die nicht jedem vergönnt ist. Also kann man sagen, dass die Arbeiten die ihr durchführen möchtet nur dann möglich sind, wenn sie im Einklang mit der göttlichen Weisheit sind."

László: „Vielen Dank für die präzise Unterstützung. Sollte ich zu diesem Thema noch was Spezielles schreiben?"

„László lass dich nicht allein von uns führen gib auch deine Ideen zu diesem Thema preis."

László: „Lieber Horacio, wie soll der Mensch in diesen Zeiten wieder zu Gott finden? Wird er nicht sagen, oh dieser Gott der oben auf der Wolke saß und nichts unternommen hat, um dieses grässliche Elend zu vermeiden, diesen Gott wollen wir nicht! Ist es in dieser Situation überhaupt möglich, mit geistiger Argumentation der tieferen Zusammenhänge von unserem Sein und der Eigenschaft Gottes zu berichten?"

„László, in der Tat sprichst du ein sehr delikates Thema an, doch ich kann dir ein versichern, du wirst mit deinen Erklärungen mehr Zulauf haben als du denkst, denn diese geistigen Erklärungen sind so zwingend logisch, dass sie gerne aufgenommen werden. Ja es hat Sinn über unseren HIMMLISCHEN VATER und seiner Beziehung zu seinen Menschen zu reden, László!"

László: „Lieber Horacio natürlich weiß ich, dass das jeweilige Individuum eine gewisse seelische Entwicklung erfahren haben muss, um der Güte des HIMMLISCHEN VATERS bewusst zu werden und zu ihm zu streben. Aber wie soll ich das verstehen, werden die die eine solche seelische Vorgeschichte nicht haben, diese „Hilfen“ von uns nicht aufnehmen können?“

„László, die Situation ist nicht so einfach aber auch nicht zu schwierig. Du hast selbst gewünscht, dass man in den Genuss der himmlischen Möglichkeiten kommen solle, aber du weißt auch, dass dafür eine gewisse Vorbereitung nötig ist. Hat man die nicht, was für einen Sinn macht es dem Individuum mitzuteilen, dass dieser oder jene Weg der richtige sei. Man muss sie nicht vergessen und sie liebevoll umsorgen, aber erwarte nicht, dass diese sich auf einmal der Umkehr hingeben, sie werden es nicht. Deine Ansprüche müssen bescheiden sein damit deine Reaktionen dich selber nicht in den Bann des Unmöglichen ziehen. Du weißt was ich meine. László wir beten, dass diese Menschen sich euch nicht in den Weg stellen und die ohnehin schon schwierige Arbeit noch erschweren.“

László: „Danke Horacio!“

László: „Liebe Engel mit Hochachtung wende ich mich an Euch und bitte um die Kommunikation zu diesem Thema.“

„Ich bin es, Izekiel, der zu dir spricht László. Wir sind besorgt, dass deine Ausführungen zu sehr das Individuum im Mittelpunkt haben. Auch wenn, das Leiden sehr subjektiv erfahren wird, bedarf es bei einer solchen Betrachtung einer anderen Sichtweise. Wir bitten dich zu bedenken, dass der HIMMLISCHE VATER das EIN und ALLES ist. Ihr müsst als Menschheit wieder in der Lage sein, zu IHM zu streben und dabei alle Belange des Materiellen von euch zu stoßen. Nein einfach ist es nicht, aber gerade in diesen schweren Zeiten werdet ihr auch das Materielle als Bürde empfinden. Ihr werdet plötzlich merken, dass ihr vielleicht über Jahrhunderte Sachen gesammelt habt die eigentlich völlig unzulänglich für die Erlangung des wirklich Wichtigen sind. Doch dies wird euch nicht darüber hinweghelfen, dass ihr den Himmlischen Vater nicht versucht habt zu erreichen. Und erst in dem Augenblick, wo

ihr als Wesengemeinschaft des Planeten Urantia[10] *erkennt, dass man seine Seele nicht irgendwie über die Zeit retten kann, sondern das Wohl der Seele in der wahren und unverblümten Offenheit und Liebe zu IHM gefunden wird, dann kann man sagen, dass auch diese große Katastrophe ihren Wert gehabt hat und euch in eine wirklich bessere Zukunft katapultiert hat."*

László: „Lieber HIMMLISCHER VATER, wenn ich die Zeilen von Izekiel lese dann lese, ich eine Hoffnung heraus. Doch wie viele werden in den Genuss dieser Erkenntnisse gelangen. Ich weiß, dass absolute Zahlen nicht viel aussagen, aber prozentuale Anteile der überlebenden Bevölkerung wohl, ich bitte demütig um Deine Unterstützung."

„László, denk daran was eine so schlimm gebeutelte Menschheit erwartet, sie erwartet Besserung. Dies wird sie in unterschiedlichen Zielen suchen und eben eines wird auch die Heilssuche bei Mir sein. Wie viele es sein werden László, das wissen wir, aber wir bezweifeln die Sinnhaftigkeit dies euch mitzuteilen. Lass dir aber gesagt sein, dass jene die Mich und meinen Weg wählen eine vollkommene und absolut glückliche Zukunft erleben werden die ihnen das noch verbleibende Leben auf Erden in einem ganz anderen und eben einfacheren Licht erscheinen lässt. Sie werden es sein, die in der Lage sein werden den anderen auch die Zeiten erträglich zu gestalten und sie aus der Hoffnungslosigkeit zu einer besseren Zukunft zu führen. László denk nicht, dass ich deiner Frage ausweichen will, sie ist nur nicht relevant für den Zusammenhang der Ereignisse die du schilderst. Bist du zufrieden?"

László: "Lieber HIMMLISCHER VATER ich will Dir nicht widersprechen und doch bohrt die Neugier zu wissen, ob endlich mehr Leute in der Lage waren das Wesentliche des Lebens zu erkennen?"

László: „Dies ist nichts verwerfliches; ich kann dir trotzdem keine Antwort geben, denn dies würde diejenigen die noch nicht sicher auf ihren geistigen Füssen stehen, verwirren und das wollen wir nicht. Doch was

---

[10] Urantia wird unsere Erde im Universum genannt

wir sagen können ist die Tatsache, dass es euch in den Zeiten der großen Katastrophe völlig egal sein wird, wie viele es zu mir schaffen werden. Ihr werdet nur darauf achten euer eigenes Los einigermaßen geschickt und mit gutem Ausgang zu gestalten. Dies hat für all jene, die im Thema neu sind, keine direkte Relevanz, denn sie werden sich denken, dass diese Antwort und die Wortwahl nichts mehr ist als ein Ausweichmanöver. Doch ich kann Dir versichern, dass euer Gott keine Ausweichmanöver oder sonstige Verschleierungen braucht, um euch seine Gedanken zu vermitteln."

László: „Vielen Dank HIMMLISCHER VATER für die klärende Antwort."

„László eins wollte ich dir trotzdem noch zu diesem Thema vermitteln, wir wissen genau wer in diesen Zeiten welches Schicksal haben wird und wir sind dabei die Seelen auf dieses Unglück vorzubereiten."

László: „Geschieht dies bei Seelen die bereits hier sind oder solchen die bei uns später eintreffen werden?"

„László, du möchtest am liebsten eine Tabelle mit Optionen haben damit das ja alles im vorausberechenbaren Maßstab abläuft. Doch so wird es nicht sein László, ihr werdet gar nichts erahnen können. Ihr werdet plötzlich merken, dass es euch in dieser Form gar nicht geben darf; - dies wird natürlich auch zu großen Problemen unter Euch führen."

László: „Lieber HIMMLISCHER VATER ich danke Dir für Deine Ausführungen."

7. Der strafende Gott

„Wie du siehst wird unerwartet von vielen Seiten die Kritik an den neuen und doch so alten Überlegungen entstehen und es wird schwierig

werden den Menschen klar zu machen, dass sie selber dies verschuldet haben und nicht ein strafender Gott."

„Als erstes sollten wir nochmals auf die Frage des Überlebens nach der Katastrophe eingehen. Es wird für die Menschheit nicht leicht sein zu sich zu finden und einer gewissen Ordnung zu folgen, um sich wieder zu fangen. Es soll ja weitergehen, es ist ja nicht das Ende der Erde, auch sonst sind keine apokalyptischen Dimensionen in Sicht. Was aber klar abzusehen ist, sind die Folgeschäden der Nuklearwaffen. Du kannst davon ausgehen, dass diese Auswirkungen noch über drei Generationen zu spüren sein werden. Und doch wird gerade diese finstere und hoffnungslose Zeit den Keim für etwas Besseres und Schöneres in sich tragen. Wir wollen ja den Menschen Mut machen, dass erstens ihr Leiden nicht ein von Mir gewolltes oder sonst von wem angetragenes Schicksal ist und zweitens der Weg, der vor ihnen liegt, trotz der offensichtlichen Schwierigkeiten gleichzeitig Chancen für ein besseres Dasein bietet. László, diese Botschaft müssen wir natürlich präzisieren, dabei kann man es nicht belassen, sonst wird die Schrift nur ein weiteres Mahnmal bleiben sonst aber nichts."

„Lieber László, ich bin sicher, dass die Menschen in ihrer anfänglichen Verzweiflung nach Schuldigen suchen werden. Sie werden versuchen sich auf ein Objekt oder persönliche Gestalt konzentrieren zu wollen um sich die Wut und Verzweiflung vom Leib und der Seele zu reden und zu denken. Aber László, das ist etwas, was du sehr wohl kennen gelernt hast, es verschafft keine Erleichterung. Solche Gefühle verschaffen im Gegenteil eine Schwere im Herzen, ein ungutes graues Gefühl, das nach Erleichterung schreit und das einige dann mit Mitteln die Ihnen zur Verfügung stehen beheben möchten. László, du weißt es besser, genau umgekehrt ist es. Sollte man tatsächlich des Schuldigen sicher sein, so ist keine Erleichterung in Sicht, wenn man ihn innerlich verurteilt sondern wenn man ihn im Herzen neutral aufnimmt und Gefühle der Vergebung empfindet. Was nicht bedeuten soll, dass man den Schuldigen in einer Gesellschaft die funktionieren muss nicht auf eine gerechte Weise behandeln muss. Doch nun zurück zum Thema der Schuldigen, ***ich möchte euch Menschen nochmals klar machen, dass die große***

Katastrophe ein von Menschen verursachtes Geschehen ist, das ihr ebenfalls hättet vermeiden können, denn nicht das Ausbleiben der letzten entscheidenden Tat hätte das Unheil vermeiden helfen können, sondern der in dieser Zeit herrschende Zeitgeist, die von Euch gelebte oder vielleicht nicht gelebte Qualität des Miteinanders. So László, was für eine Rolle hatte dann Gott? Der Gott den ihr kennt oder glaubt zu kennen ist weder rachsüchtig und auch verfolgt er keine eigene „Agenda" des Schicksalsgestalters. Er ist euer liebender Himmlischer Vater. Er ist es, der euch durch all das Ungemacht leiten möchte. Er ist es, der zu euch spricht und euch um ihn versammelt haben möchte. Ich glaube, ihr seid von vielen Aspekten des Miteinanders so verblendet, dass ihr nicht in der Lage seid den wahren Gott vor Euch zu sehen. Er hat in diesem Gestöber der Gewalt kein, ich sage kein Eingreifen gehabt; er wollte euch die ganze Freiheit lassen die ihr immer für euch in Anspruch nehmt. Man kann auch sagen, ihr habt eure Freiheit mit Füssen getreten weil ihr von der Gewalt und von der übelsten Art des Sündigen abhängig gemacht worden seid. Aber ihr habt die Kraft der Erneuerung in der Hand denn die Erlösung vom Übel ist auch diesem Gott inhärent und kommt auf euren Wunsch auch zustande."

„László, es ist so, ihr müsst versuchen zu sehen ihr müsst lernen zu sehen und euch an der Vielfalt der Entwicklungsmöglichkeiten zu mir zu ergötzen, denn sie machen auch Spaß. Es ist nicht die Askese die ihr über euch ergehen lassen müsst. Ihr müsst nur eurem Herzen folgen und schon seid ihr auf dem richtigen Weg zu Mir. Ich bitte euch, den Gott erkennen zu wollen, der er wirklich ist, dann werdet ihr sehen, dass ihm dieses Übel am meisten Unbehagen verursacht hat. Hätte er aber darauf mit einem Feuerwerk an göttlichen Lenkungen reagiert, wäre seine Zeit der unabhängigen Fürsorge für euch abgeschlossen gewesen und man hätte den lenkenden Gott in allem erkennen können der er eben nicht ist."

László: „Lieber Himmlischer Vater, ich bedanke mich für diese Kommunikation, vielen Dank."

In dieser letzten Kommunikation wurde mir die Güte zuteil die die tiefe Sorge unseres Himmlischen Vaters um unser Verständnis über unseren Gott ausdrückt. Ich empfinde es gleichzeitig als beschämend, dass er uns klar machen muss, dass er nicht hinter diesen Schrecklichkeiten steckt. Was für ein primitives Verständnis haben wir von Ihm, dass wir überhaupt in die Nähe eines Gedanken kommen Ihn solcher Grässlichkeiten zu verdächtigen. Ich möchte uns als Menschheit nicht schlechter machen als wir tatsächlich sind, aber die Tatsache, dass wir den Himmlischen Vater mit Katastrophen assoziieren heißt doch nur, dass wir entwicklungsgeschichtlich noch einiges vor uns haben bevor wir über ein allgemein verbreitetes Gottesverständnis verfügen das unserem Himmlischen Vater halbwegs gerecht wird.

***

László: „Darf ich erfahren mit wem ich die Ehre habe?“

„Ja László heute ist wieder dein Heraldo da und auch Jonathan ist zu gegen.“

László: „Vielen Dank, dass ihr für mich zur Verfügung steht. Darf ich euch bitten mir bei der Vervollständigung dieses Kapitels zu helfen.“

„Wir möchten dir vermitteln, wie die Menschen den Himmlischen Vater in diesen Zeiten sehen werden und wann die Wende der Wahrnehmung kommen wird. László, es wird wirklich so sein, dass am Anfang der Katastrophe die Menschen noch relativ übermütig sein werden. Sie werden keine allzu große Fragen hinsichtlich des was und wer hinter der Verwüstung steht stellen, denn es wird ja offensichtlich sein. Doch sehr bald beginnen sich die Zeiten so zu verschlimmern, dass man denken wird, dies kann ja nicht ein Mensch ersonnen haben, dies sei entweder die Strafe Gottes und dann aber gleich die Teufelsmacht selber. Man wird von einem Extrem ins andere tendieren und wird nicht genug Zeit finden um sich des Wahnsinns bewusst zu werden der vom Menschen entfesselt wurde. Deswegen werden dann die so genannten Jünger des heiligen Kreuzes mit so genannten Offenbarungen beginnen die klar

und deutlich zeigen sollten ,wer hinter dem Geschehen stünde. Doch all das wird kein besonderes Echo finden bis eines Tages eine Schrift zu Tage treten wird, die die kommenden Ereignisse mit einiger Zuverlässigkeit vorausgesagt hat und die gleichzeitig Informationen über die Meinung Gottes zu diesem Thema enthält. Dies wird so überzeugend sein, dass nun ein anderes Thema beherrschend sein wird. Das beherrschende Thema wird sein, wie wir uns endlich zu IHM bewegen können, was wir tun müssen um ein bisschen näher zu IHM zu rücken, IHN und seine Wesensart mehr zu verstehen und nicht zu falschen Schlüssen hinsichtlich seines SEINS zu kommen.“

László: „Ich würde schon gerne wissen wann diese Phase des Erkennens eintreten wird und was für ein Prozentsatz der Menschen diese neue Vision und Tatsachendarstellung aufnehmen wird.“

„László, dies wird relativ bald nach den ersten größeren Angriffsaktionen stattfinden, denn das Chaos wird sich relativ bald einfinden. Die Bevölkerung wird nur in Teilen diese neue Auffassung vertreten aber es wird der entscheidende Teil der Bevölkerung sein.“

László: „Liebe Lehrmeister ich bedanke mich von Herzen für eure großzügige Präsenz. Der HIMMLSICHE VATER möge euch segnen.“

8. Was hat man erreicht, wo sind die Ergebnisse?

„Es hat sich gezeigt László, dass die von dir angedachte Meinung, nämlich, dass die Welt auch durch Kriege manchmal eine gewisse Klärung erfährt, hier auf keinen Fall zutrifft. Man wird feststellen müssen, dass der ganze Aufwand der getrieben wurde und der das Budget ganzer Generationen aufgebraucht hat, zu gar nichts, ich meine überhaupt nichts geführt hat außer extremen Elend, Zerstörung der Umwelt und einer großen karmischen Schuld von ganzen Völkern die sie nur allmählich abladen werden können. Es wird soweit kommen, dass die Menschen sich Gedanken machen werden, was für einen Umfang, denn das

Ganze gehabt hätte, wenn irgendwelche andere Verantwortlichen an der Reihe gewesen wären. Ja László, es mag wirr klingen, aber die Folgen und die Zerstörung selber wird so überwältigend gewaltig werden, dass der Einzelne eigentlich nicht in der Lage sein wird das Ganze zu verstehen. Du fragst, ob es eine Evaluierung im Sinne der Militärs geben wird, eine so genannte Kosten Effektivitäts- Betrachtung? Am Ende des Konfliktes wird kein Raum für solch absurde Überlegungen sein. Denn der Kriegsbeginn und der ganze Anlass für den Konflikt wird ein klassisches Beispiel für ein absurdes Theater von irrationalen Spielern sein, die ihre Machtgier in verrückten Entscheidungen projizieren. László, auch die Entrüstung von vielen Millionen wird über die Tatsache nicht hinweghelfen, dass das Resultat keine Rationalität vermuten lassen kann. Sieh mal den Zweiten Weltkrieg, da war im Großen und Ganzen für den außen stehenden Menschen einigermaßen klar, wer für welche Werte steht und ob die ethisch vertretbar sind oder nicht. Diesmal wird es anders, es wird keine Möglichkeit geben Werte überhaupt ins Spiel zu bringen, mit der Konsequenz, dass der Hauptakteur so von einem mal von der Rolle des gut denkenden Riesen in die Rolle des perfiden Dummkopfs rutschen wird. Es wird nämlich so sein László, dass eben die Verkündung eines gewissen Standards an Verhalten geschehen wird und dies wird vom größten Spieler nicht akzeptiert werden. László, du hast es schon richtig verstanden. Gehen wir aber systematisch vor, es wird nicht notwendig sein, dass du dich auf diese Details einlässt, sondern du solltest dich auf das konzentrieren was jetzt ansteht.“

László: „Wird denn überhaupt überlegt werden für was das Ganze war?“

„Ja, das wird man sich täglich fragen und die Antworten werden beängstigend ausfallen, sie werden nämlich sagen, dass die Resultate ein falsch verstandenes Wort und eine irrige Vorstellung des Feindbildes dazu geführt hat sich in der ältesten Kulturlandschaft der Welt wie ein Berserker aufzuführen und nicht mal eine Meinung über die Zusammenhänge zu haben.“

„Die Ergebnisse László, wie du und vielleicht andere sie intellektuell auswerten möchten, um eine Sinnhaftigkeit hinter dem Wahnsinn zu erkennen, werden nicht resultieren, denn das Dahinterliegende wird nicht ergründbar sein, da so irrational. Ja, du hast genau richtig verstanden: Dokumente werden nicht Auskunft über die Kriegsführung und das Zustandekommen dieses einmaligen Ereignisses geben, sondern Augenzeugenberichte. László das Thema ist zwar wichtig, aber das meiste ist schon gesagt. Lass dich nicht mehr von diesem Reflektieren aufhalten, es sind viel wichtigere Themen zu behandeln."

9. Wie vermeidet man so was in der Zukunft?

„Ich möchte dir etwas zukommen lassen was in der letzten Zeit immer wichtiger sein wird. Es ist der Umstand, dass du dich vermehrt mit der Sache beschäftigst, wie es denn möglich ist, dass diese Katastrophe nicht aufzuhalten sei. Es ist ein mühsames Thema László, einerseits scheint es tatsächlich so zu sein, dass der Einzelne durch seine Aktionen auch das größte Unheil abwenden kann, aber andererseits ist es doch so, dass die Individuen aus sich heraus nicht in der Lage sind, das Gemeinwohl über alles zu stellen, sondern sich zumeist selbst zentriert und unsozial verhalten. Sieh mal, was im eben abgelaufenen Krieg (Irak) passierte. Die Parteien sind sich einig geworden was recht und unrecht ist und tun so, als ob der andere Part gar nicht eine Meinung bilden könnte. Denn vergiss nicht László, es ist nicht so, dass der andere unmündig wäre, es ist aber nicht einfach zu akzeptieren, dass er vielleicht eine andere Meinung als die, die einem genehm ist hat. Du siehst, so entstehen Missverhältnisse und schüren Krisen, die man mit einfachen Mitteln vermeiden könnte. Es hat eben etwas mit dem Verhältnis zu Toleranz, Liebe und Verständnis zu tun, das ihr Menschen zwar oft in den Mund nehmt, aber sehr, ja, viel zu selten umsetzt. Doch wollen wir nicht vom eigentlichen Thema zu weit abschweifen. Du, László, als Vertreter deiner Spezies wirst sicher Fragen zum weiteren Vorgehen haben."

„Es ist offensichtlich, dass dieses Leiden ein von den Menschen verursachtes ist. Es wurde trotz der Vorwarnungen initiiert und ohne die Abmahnung von so genannten Weisen. Niemand hat mit genügender Klarheit Einhalt geboten. Alle haben versucht, sich eher an dem Vorfallenden zu ergötzen und nicht aktiv einzugreifen um das Übelste zu verhindern. Doch auch hier wird den Menschen klar werden müssen, dass die Parameter des sozialen Verständnisses und der Verantwortung viel klarer definiert werden müssen als es bisher der Fall ist. Nicht mehr die Struktur der Gesetzgebung und die Hierarchie der Macht kann für Taten die ganze Völker in Armut und Verdammnis stürzen gerechtfertigt werden, Nein, es müssen moderne soziale Systeme gesucht werden, die es erlauben, die Entscheidungen der Individuen ins Verhältnis zu gesellschaftlichen Aufgaben zu setzen. So wird es möglich sein, Verantwortung sozial und in jeder Schicht leben zu können, so wird das Staatsgebilde keine abstrakte Form von Macht und Klüngel sein. Die Bürgernähe wird schon antiquiert sein; - es wird der Bürger sein der das Gebilde des sozialen Gefüges mitbestimmt und sich verantwortlich einbringen kann. Sehr abstrakt László? Ich denke du weißt, was damit gemeint ist, aber für unsere Leser sollten wir noch konkreter werden. Wenn wir zum Beispiel die Entscheidung zum Waffengang sehen, da haben wir die Stellvertreter, die für sich in Anspruch nehmen für das Gemeinwohl einer ganzen Nation einzutreten. Dabei sind es nicht mehr als persönliche Positionierungen, wenn es hoch kommt dann einige nationalistische Interessen. Aber dies langt noch nicht. Es ist nicht nur die Bürgermeinung, die entscheiden soll, es soll eine Meinungsbildung existieren, die frei von Manipulation und frei von korrumpierbaren Meinungsmachern sein sollte. Dies ist keine Utopie László, es ist einfach die überzeugende Weise einer Lebensphilosophie die schlicht und einfach auf der Nächstenliebe basiert und nicht auf Mistrauen zum nächst Besten. Es wäre schön László wenn die Gesellschaften der Postkatastrophe solchen Überlegungen gegenüber aufgeschlossen wären, denn dann würde das Wort Demokratie einen anderen Stellenwert haben. Es wird nicht mehr ausreichen gekannte Wege zu gehen, sondern auch neues zu probieren, was im Zeitalter der modernen Datenverarbeitung kein Hindernis mehr sein wird. Sei unbesorgt, nicht alles wird verschwinden, das Wissen um die technologischen Fortschritte

wird nicht verschwinden auch wird keine Stagnation in den Wissenschaften eintreten. Im Gegenteil, durch die harmonischen Bedingungen wird es zu einer neuen Kulturblüte kommen, wo es eben viel mehr als nur die lineare Fortsetzung des bisherigen Weges, sei es in der Wirtschaft, Kultur oder Wissenschaft geben wird. Es wird aber eine schwierige Übergangsphase geben, in der es heißen wird, dass ihr Mich nicht nur nicht seht, sondern an Mir sehr stark zweifelt. Und damit dies nicht in einer Abwendung von Mir endet, wirst du ihnen Meldung geben können über den Gott der Liebe und den Gott der Fürsorge aller Wesen die von ihm stammen."

László: „Lieber HIMMLISCHER VATER ist hier noch etwas zu ergänzen oder soll ich es bei diesem Text bewenden lassen?"

„László, versuch ganz klar die Worte von uns zu vernehmen, dann wirst du den richtigen Text aufnehmen können. Also László, wir sind uns sicher, dass die Menschen diese Zeit überstehen werden. Wie, das hast du bereits erfahren, aber (es gibt immer ein aber) es wird wichtig sein, dass sie sich über folgendes klar werden: diese Art von Katastrophen können sich unzählige Mal wiederholen, wenn nicht eine echte Umkehr im Miteinander stattfindet, wenn nicht eine Wahrhaftigkeit in den Worten und Taten regiert. Dies kann man erreichen und dies wird die Essenz des zukünftigen Miteinanders ausmachen. Denn László, Menschen denen man vertraut, wird man Sachen bedenkenlos überlassen und wird sie mit Aufgaben betrauen, die sonst in falschen Händen wieder Katastrophen verursachen. László, dies müssen nicht unbedingt Bomben oder andere Waffen sein, es langt wenn es schlicht Macht ist. Wenn man sich an dieser Idee orientiert László, dann wird man in der Lage sein eine neue Moralstruktur aufzubauen die in der Lage sein wird, Menschen in führenden Positionen hervorzubringen die ihrerseits nicht den Machtgelüsten früherer Generationen erliegen werden. László dies scheint für dich simplizistisch zu sein, ist es auch, aber im Detail liegt die Schwierigkeit.
Wie kann ich es als Gesellschaft schaffen, dass tatsächlich moralisch wertvolles Gedankengut dominierend ist. Wie ist es zu erreichen, dass ich als Individuum mit meinem Himmlischen Vater die Einheit suche

und nicht die selbstzerstörerische und kurzlebige Freude. Nichts gegen Freuden László, aber du musst doch eingestehen, dass dies nicht die endgültige Dimension sein kann die eine Seele erstreben sollte. Sind sich die Menschen also ob dieser Grundwerte einig, dann kann auf dieser Grundlage eben diese Gesellschaft mit anderen Wertvorstellungen entstehen. Es wird nicht zu einer globalen Umkehr kommen, sei nicht Überoptimist; - es wird noch weiterhin Stellen geben, wo eine Umkehr in weiter Ferne, wenn überhaupt stattfinden wird. Also weiterhin eine heterogene Welt der seelischen Entwicklungsmöglichkeiten. Dies hat aber auch den Vorteil, dass ihr euch aus eigenem Willen den Status und den Ort aussuchen könnt, wo der euch entsprechende Entwicklungsweg sich befindet.“

László: „Und wie kann konkret der einzelne für sich selber, aber auch für die Gemeinschaft, einen konkreten Beitrag liefern um solche Katastrophen in der Zukunft zu vereiteln?“

„László, ist dir denn noch immer nicht klar was wir meinen, wir werden den erneuten Versuch unternehmen dies noch deutlicher darzustellen. Das Individuum ist durchaus in der Lage einen wesentlichen Beitrag zu leisten, sowohl durch seine persönliche Entwicklung, als auch mit der Gemeinschaft in der es lebt. Konkret sieht es so aus: solange die egoistische, selbst zentrierte Haltung des Einzelnen vorherrscht, ist nichts zu machen, aber wenn der Einzelne beginnt, sein tun in den gemeinschaftlichen Zusammenhang zu bringen und versucht im Einklang mit der himmlischen Liebe sein Werk zu gestalten, dann kann es wichtige Änderungen geben. Er respektiert und geht mit Liebe mit seinem Nächsten um, diese bescheidene Aussage ist so viel wert, dass sie die Kraft hat ganze Völker von Grund auf zu ändern. Aber Beispiele müssen her László, Beispiele die in der Lage sind eine vertrauensvolle Bindung zwischen den Völkern aufzubauen. Die gibt es László nur müsst ihr sie neu sehen lernen. Ja László Jesus ist auch ein Beispiel und viele mehr.“

„Wir wollten noch zum Abschluss dieses Kapitels erwähnen, dass ein Kodex wie es einige Länder und Organisationen haben nicht notwendig sein wird, dieser Kodex muss in den Herzen entstehen, denn wie es sich

gezeigt hat kann man mit den besten Schriftstücken nichts anfangen wenn die Herzen öde und stumpf für das brüderliche Miteinander geworden sind.“

László: „Lieber Jonathan möchtet ihr zu diesem Thema noch einen Beitrag leisten?“

„László, ja das würden wir gerne tun. László, das Thema ist sehr schwierig aber wir werden versuchen unsere Sicht zu geben wie man am besten künftige Konflikte zu vermeiden versuchen sollte. Als erstes möchten wir dir sagen, dass es egal ist wie man die Ergebnisse dieses Konflikts sieht. Der Einzelne wird davon so berührt sein, dass es sein Interesse sein wird sich an der aktiven Unterstützung von Strukturen zu beteiligen, die solches in der Zukunft als unmöglich erscheinen lassen. Ich möchte dir ein Beispiel geben. Sieh mal die Anzahl von Unfällen die vorkommen, wenn die Leute nicht in der Art des Fahrens unterrichtet werden. Und sie mal, wie es sich ändert, wenn man den Leuten konkrete Anweisungen für die Nutzung der Fahrzeuge und der Wege und Schilder gibt. Ähnlich ist es mit den Menschen. Sind wir in der Lage ihnen den Sinn und die Logik solcher Regeln an die Hand zu geben, wird es irgendwann mal dazu kommen, dass es Menschen geben wird, für die es natürlich sein wird, mit dem anderen von klein auf in einer besonderen Art und Weise umzugehen, die ihm eigentlich eine gewaltsame Aktion als unmöglich erscheinen lässt. Dies wäre also zum Beispiel so eine Geschichte, wie man dies vermeiden hilft.“
„Doch dies bedarf einer gesellschaftsstrukturellen Änderung: man sollte die Menschen von der Politik entmündigen. In der Zukunft sollten Politiker nur noch in den Wissenschaften existieren. Die eigentlichen Entscheidungen für ein Volkswohl sollten von Menschen getroffen werden, die sich dazu berufen fühlen, den Volkswillen aufzunehmen und ihn bürokratisch umzusetzen“

László: „Das verstehe ich nicht.“

„Ich glaube, dass du es sehr wohl verstehst. Man sollte nur noch Verwalter haben, die aber nicht auf alles eingehen was das Volk will, son-

dern eine gesellschaftliche Erziehung anbahnen die den Bürgern ein eigenes Gewicht bei den Entscheidungen zumuten kann."

10. Mechanismen eines richtigen Krisenmanagements

„László, es wird natürlich auch immer wieder Krisen geben; dagegen seid ihr nicht gefeit, aber diese Krisen müssen ja nicht unbedingt in Katastrophen enden. Deswegen wird es wichtig sein, ein effektives internationales Krisenmanagement zu etablieren; - denn vergiss nicht, so was gibt es nicht. Es gibt Gremien, es gibt ein Forum des Austausches, aber ein Krisenmanagement gibt es leider noch nicht. Du staunst? Überleg mal was das bedeutet: Es soll die Krisen die aufkommen mit großer innerer Autorität angehen und sie entschärfen. Dafür bedarf es der Ausstattung dieses Managements mit Vollmachten die ein Lavieren unmöglich machen. So gut auch eure UN gemeint ist, in der Praxis kann sie nichts erreichen, weil sie keine innere Kompetenz hat. Die wird ihr aber nicht von irgendwoher zugetragen die muss konstituiert sein; - die muss von euch allen gewollt und mitgetragen und schließlich bis in die letzte Konsequenz akzeptiert werden. Seid Ihr dazu nicht in der Lage, wird sich ein Gremium, wie bisher gekannt, wieder nur an der Oberfläche bewegen, ohne aber Tatsächliches entscheiden zu können und somit die Autorität haben, Krisen mit sicherer Hand und machtvoll zu entschärfen. László, neben der Person oder Personen die eine solche Instanz besetzen würden, ist aber auch die Ausstattung des Amtes notwendig."

László: „Was für Mechanismen sollten denn existieren?"

„László, die eine Instanz ist doch sicherlich klar geworden; - aber neben dieser zentralen Position ist sicherlich notwendig, dass regionale Zentren des Managements für unterschiedliche Belange zwischen den Völkern existieren müssen. Das hat den Vorteil, dass sie im kulturellen Kontext zeitnah handeln und immer auch die notwendige Verbindung zur Völker umspannenden Mutterinstanz haben werden. Die Mechanismen sind aber dergestalt, dass der Einzelne oder die einzelne Orga-

nisationen und Völker sich auf eine Einigung einlassen werden müssen, auch wenn dies bedeutet, dass sie zeitweise aus ihrer Sicht Vorteile des anderen berücksichtigen müssen. Also wie du siehst, bedingt es eine gewisse politische Reife, die im Moment bei vielen von euch ein absolut fehlendes Element ist. László, ich kann dir nur sagen, dass was du jetzt schreibst, du gar nicht bemessen kannst, wie viel Kopfzerbrechen dies den Leuten verursachen wird. Denn sie werden sich denken, unter was für Prämissen dies geschrieben wurde und ob der Autor dies aus gewissen politischen Überlegungen erdacht hatte etc. Es werden die wildesten Phantasien entstehen. Aber eins wird natürlich die Krise auch bieten: sie ist die Grundlage des Neubeginns, denn die Menschen werden merken, dass etwas Radikales geschehen muss, um sie aus der Misere des Miteinander weiterzubringen.“

László: „HIMMLISCHER VATER ich danke DIR für die Unterstützung.“

11. Chancen des Schwächeren

„László, die Sache ist so, dass wir bedenken müssen, dass es durchaus Situationen geben wird, wo der Große und Starke den Schwächeren wieder in eine Situation drängt wo er sich provozieren lässt. Und obwohl er (der Schwächere) nicht über die Mittel und Geräte verfügen wird (um dem Stärkeren zu schaden), kann es sein, dass sich aus dieser Situation eine Rechtfertigung für die Aggression des Stärkeren ergibt. Dieser, wohl wissend, dass er der Sieger sein wird, wird kein Interesse haben auf Kompromisslösungen einzugehen und wird das geringe und auch kalkulierbare Risiko eingehen und sich ohne viele Überlegungen in den Konflikt stürzen. Dies wird speziell nach der großen Katastrophe der Fall sein können, weil es eine einseitige Polarisierung der Welt geben wird. In diesem neuen Umfeld wird es ein leichtes sein für die jeweilige stärkere Partei die Ausreden für eine Besetzung des anderen zu provozieren. Doch dies kann vermieden werden. Du bist gespannt

wie? Du wirst es gleich erfahren! Die Tatsache, dass der Stärkere überhaupt einen Vorwand braucht wird zeigen, dass es nicht mehr die Beliebigkeit geben wird andere einfach zu überfallen. Es werden Barrieren der Selbstkontrolle entstehen die bewirken werden, dass die unterschiedlichen Parteien auch die Stärksten ächten werden, sollten diese unter Missachtung aller Schranken handeln. Und auch in einer polarisierten Welt kann dann niemand mehr alleine sein. Also wie du siehst wird die große Katastrophe eine neue Moral internationaler Art bedingen. Dies wird die Chance geben, dass bei kommenden Krisen die Schwächeren den Stärkeren in einem anderen Licht sehen und sich und ihr Land auf einen waghalsigen aber korrekten Kurs ziehen. Ich kann dir schon jetzt sagen, dass die Bildung von Krisen der Wetterentstehung gleich ist. Aber werden die Parteien und die Gründe rechtzeitig neutralisiert, kann es gar nicht zu weiterem Aufbau der Situation kommen. Dies Ganze wird aber ein Verständnis des Miteinanders voraussetzen das im Moment noch nicht vorhanden ist. Und doch sind die Keime auch schon erkennbar. Aber sie werden leider nicht stark genug sein um die aufkommende Weltkatastrophe zu verhindern. Die Frage kann also klar mit ja beantwortet werden, dass der Schwächere eine Chance gegenüber dem Stärkeren haben wird.“

László: „Lieber HIMMLISCHER VATER ich habe die Befürchtung, dass die allgemeine Situation so ist, dass wir eigentlich keine Hemmungen mehr haben den anderen auch grundlos zu verletzen. Vielleicht ist dies ja auch unsere entwicklungsgeschichtliche Bewusstseinstufe die wir so nicht ablegen können. Vielleicht müssen wir zuerst knietief im Blut waten bevor wir uns zu DIR erheben können, wie DU aus meinen Worten heraushörst schwingt auch eine gewisse Resignation mit.“

„László, lass dich doch ein bisschen ermuntern, so schlimm ist es doch nicht und dies trotz der trüben Aussichten. Ihr seid so wenig schlecht wie andere Generationen. Ihr habt leider nur eine Wendung erfahren die das technologische in den Vordergrund rückt und das geistige nicht mehr als Teil eurer selbst betrachtet.“

„Es wird sich in dieser Ära nach der großen Katastrophe zeigen, dass die neue Moral nur dann lebensfähig und Bestand haben wird wenn ihr alle gemeinsam an den Verbesserungen arbeiten werdet und nicht nachlasst, solange es nicht eine ausgeglichene und in sich ruhende Gesellschaft gibt. Es wird immer wieder Probleme geben aber ihr werdet es schaffen von nun an auf Erden die kommenden Krisen und Konflikte in einer ausgleichenden und auch gerechteren Weise zu meistern."

***

László: „HIMMLISCHER VATER, mir fällt eine Frage ein die ich schon oft stellen wollte. Die Jordanier haben mir oft gesagt, dass es Prophezeiungen gibt die besagen, dass Israel zerstört werden wird. Kannst DU mir dazu einiges sagen?"

„Lieber László, ich weiß, dass dich dieses Thema sehr beschäftigt und, dass du die Ungerechtigkeit, die im Moment im Nahen Osten entsteht, nicht verstehst. Aber lass dir eins gesagt sein: Israel wird aus diesem Konflikt nicht unbeschadet hervorgehen. Es wird sich zeigen, dass trotz der Überheblichkeit und der Dominanz die andere Seite ihre Siege wird feiern können. László, seien wir aber auch über das eine im Klaren: jeder Sieg über den anderen ist ein Verlust für den Besiegten und den Sieger. Es wird nur noch Schuldige geben, die sich ihrer Freude werden schämen müssen, denn sie wird auf den Gräbern der anderen sein."

László: „Ich danke DIR von Herzen für die Unterstützung."

Die Abarbeitung des Themas war noch nicht abgeschlossen, ich sollte noch mehrere Kommunikationen zum Thema erhalten:

„László wir haben dir dieses zu sagen: der Schwächere ist immer zu gegen. Es gibt bei jedem Konflikt eine Partei die unnachgiebig ist, weil sie glaubt in der stärkeren Position zu sein. Deswegen wird dieses Thema immer aktuell sein. Aber die moralische Verurteilung ist leider auch nicht ausreichend. Es muss für die schwächere Partei bei der

Präsenz eines Aggressors auch noch die Gewissheit existieren, dass er nicht alleine ist. ***Er hat UNS, László schreib das ruhig nieder****. Er hat UNS, die ihn unterstützen werden und ihm den notwendigen Mut für das Unnachgiebige in seinem Recht verschaffen werden. Das bedeutet nicht, dass man auf Gewalt spekulieren soll, sondern man muss sich auf das beschränken was wir ihnen bieten werden und das ist das felsenfeste Recht der Rechtschaffenen."*

„Die Schwächeren Parteien haben immer eine echte Hilfe gegenüber dem Aggressor, das sind Wir, und unsere Hilfe wird durch Rechtschaffenheit und das Gebet eingeholt. Eben diese Mittel erlauben, dass der Aggressor die Schwächeren anders sieht und seine Aggression sich relativiert; - denn wohlgemerkt, die Schwierigkeiten sind nicht auf einmal aus der Welt zu schaffen. Aber wenn eine Gemeinschaft sich vornimmt den Weg zu uns zu beschreiten, dann kannst du davon ausgehen, dass wir diese auch voll in unsere Arme schließen werden und ihr die Hilf zubringen lassen die notwendig ist, um ***alle*** *ich sage* ***alle*** *Situationen zu meistern."*

„László, dieses Gewebe, das du im Begriff bist zu weben ist nicht so, wie du dir das ursprünglich vorgestellt hast. Wir geben hier keine Richtlinien und Konzepte die in Strategien münden und schwächeren Staaten die Optionen eröffnen, im Fall von internationalen Krisen sich erfolgreich zu behaupten; das ist unsinnig. Nein László, was wir hier skizzieren, ist eine neue Philosophie die greifen muss, wenn ihr nie mehr solche erbärmlichen Erfahrungen machen möchtet, das ist was wir gerne bereit sind zu bieten. Ja, vielleicht könnte es jene Konsequenz sein, dass die Staaten sich überlegen müssen, wie sie konzentriert zu mir streben sollten, ohne Umwege, und mit großer Entschlossenheit. Glaub mir László, diesen wird im Falle der auftauchenden Konflikte der Himmel für alle Hilfen offen stehen."

„László, die andere Thematik die jetzt ansteht ist die der Untrennbarkeit des Geistes von eurer Seele. Das bedeutet, dass diese geistige Hilfe die du jetzt so natürlich und eindeutig genießt, soll für andere Generationen ein selbstverständliches Instrument in ihrer Entwicklung sein.

Die Menschen müssen diese Optionen der übernatürlichen Verbindung nutzen lernen und daraus Konsequenzen für ihr tägliches Leben und ihre Entwicklung ziehen. Denk nur daran was geschehen würde, wenn jeder von euch mit derselben Klarheit wie du seinen Geistigen Führer kontaktieren könnte. Dann würde man die Konflikte wie ein altes Vehikel zur Seite legen können und die Menschen könnten plötzlich neue Dimensionen beschreiten, die wahrlich interessant und nicht verfangen sind in kleinlichen und sehr erdgebundenen Schwierigkeiten. Dann würde Urantia[11] *einen Schritt vorwärts machen und sich nach „oben" zu uns katapultieren."*

War es denn so einfach, fragte ich mich, Krisen und Staatswesen zu meistern bzw. zum funktionieren zu bringen. Die Hinweise waren sehr eindeutig. Einerseits musste eine künftige moderne Gesellschaft das Demokratieverständnis neu schaffen. Andererseits gebildete Staatsbürger die mündig Entscheidungen des Staates mitgestalten und wo die Elite sich auf die Umsetzung des Volkswillens konzentriert und nicht eigene Interessen durchsetzt. Wo die gewählten Staatslenker ihre persönlichen Vorstellungen undemokratisch dem Volk aufzwingen. Diesen gesellschaftlichen Reifegrad konnte man problemlos erreichen, vorausgesetzt man nahm die Option des Weges zu unserem HIMMLISCHEN VATER ernst. Es bedurfte keiner avantgardistischen, intellektuellen Verrenkungen um dies zu schaffen, sondern nur IHN suchen und auf IHN hören.
Das Thema Krisenbewältigung erschien mir auch in komplett neuem Licht. Wenn wir unserer sicher sind, was man zuerst durch eine kritische und ehrliche Selbstschau erreichen muss, und dann auf Grund dieser erkannten Rechtschaffenheit die Hilfe vom HIMMLISCHEN VATER erbittet wird einem die bitterste Krise als ertragbar und lösbar erscheinen und die Katastrophe verhindern helfen. Eigentlich phantastische Aussichten!

12. Krisen nach der großen Katastrophe

[11] Bezeichnung der Erde auf spiritueller Ebene

„Also László, was wir dir jetzt zu sagen haben wird keine große Relevanz in diesem Kapitel haben, aber es wird deutlich sein, dass die Sicht der menschlichen Seele keine andere sein darf wie die unseres HIMMLISCHEN VATERS."

László: „Was bedeutet das Heraldo, wollt ihr gar nichts dazu sagen?"

„Doch, doch aber hör uns zuerst einmal an, dann geht es seinen gewohnten Gang. Also wir sind fest der Überzeugung, dass es nicht möglich ist Aggressionen ohne weiteres zu überwinden, wenn man nicht eine glasklare Überzeugung hat wie man zum Konflikt steht. Dies auch auf die Gefahr hin, dass man dadurch den anderen provoziert. Ich bitte dich zu berücksichtigen, dass es nicht möglich ist, waffentechnische oder Bündnis-technische Anweisungen zu geben um solcher Konflikte Herr zu werden."

László: „Aber Heraldo dies deckt sich 100% mit der Sicht des oben Kommunizierten?! Also nichts Neues?"

„Doch László, aber lass mich doch zu Ende reden."

„Die Aggression László, ist eine ultimative Waffe der Sprachlosigkeit. Werdet Ihr aber in die Lage versetzt, mit dem anderen den Dialog aufrechtzuerhalten, dann ist eine Voraussetzung geschaffen, die trotz der verhärteter Positionen nicht aussichtslos ist und nicht unbedingt in Aggression enden muss. Denn lass dir eins gesagt sein: wie kann ein Stärkerer den Schwächeren bestrafen wenn er mit ihm redet und wenn dieser seiner Sache 100% sicher ist und dies auch verbal und in seiner ganzen Postur so vertritt. Es ist kein Gegensatz, dies sollte klar sein."

László: „Kann ich Dich fragen, ob ich eine Katalogisierung vornehmen sollte über die nach der Katastrophe existenten Groß- und Mittleren Weltmächte?"

„Die Frage hat nicht viel Sinn László, aber lass dich belehren, dass es gar nicht so wichtig ist, wie die Landkarte der Kräfteverteilung aussehen wird, denn die neuen Konflikte werden sich in einer ganz anderen Dimension abspielen."

László: „Darf ich erfahren welche dies sein werden?"

„Ja das darfst du."

László: „Welche denn?"

„László, ich kann dir nur sagen, dass die Menschheit eine neue Dimension der Interessen beschreiten wird. Es wird sich in erster Linie um Ressourcen drehen die intellektueller Art sind. László, es sind so genannte „artifictions", die euch die Möglichkeit geben, Sachen ohne spezielle Maschinen und Fachkräfte zu produzieren, also eine neue Art der Fabrikation. Es wird dieses sein, was ihr vehement verteidigen werdet und es wird auch Konflikte geben diese zu beherrschen."

László: „Hört sich sehr interessant an, noch schwer vorstellbar, dass man sich um Software prügeln wird aber wenn ihr es sagt dann glaub ich es. Aber ich nehme an, dass der Konflikt in erster Linie virtuell und ohne Waffen durchgeführt wird, bin ich richtig in der Annahme?"

„László, leider ist es nicht ganz so. Man wird sich fragen, wie man seine Interessen verteidigen soll und man wird leider nicht vermeiden können, dass auch bewaffnete Übergriffe stattfinden werden, doch diese werden in der Tat zwischen Euch weniger werden."

László: „Vielen Dank Heraldo für Deine Unterstützung."

13. Vertrauensbildende Maßnahmen

„László, wir sind im Moment soweit, dass wir es als richtig betrachten, dass du noch andere Gedanken vermittelt bekommst. Als nächstes

möchten wir auf die vertrauensbildenden Maßnahmen eingehen. Ja László, das stimmt! Also folge mit uns in die nächsten Überlegungen: Es ist immer ein besonderes wenn zwei Parteien sich gegenübersitzen und die eine von der anderen etwas will und sie nicht bereit ist, ihr das zu geben. Die Situation kann aber auch anders zustande kommen z.B., dass die eine Partei bereits von der anderen etwas genommen hat und sie vielleicht nicht bereit ist es zurückzugeben. Also, wie du siehst, gibt es eine Menge an Voraussetzungen in einen Dialog zu treten, doch lass dich nicht täuschen, diese Voraussetzungen sind nicht immer limitierend. Sie beschreiben nur, was die Ausgangskonstellationen sind, deswegen muss noch keine Aburteilung des möglichen Erfolges solcher Konfliktsituationen geschehen. Also nehmen wir dieses Thema nun gründlicher unter die Lupe. Wenn wir diese Kontrahenten vor uns haben, wollen wir ja als erstes klären was bei einem optimalen Verlauf des Ganzen erreicht werden sollte: Dafür holt man die Meinungen aller Beteiligten ein und versucht die Spreu vom Weizen zu trennen. Sind diese Grundvoraussetzungen geschaffen worden, muss eine Vorabeinigung über die gemeinsamen Ziele dieses Treffens erfolgen. Dann László kann mit der eigentlichen Schlichtung oder Vertrauensbildung begonnen werden die in erster Linie im kennen lernen des anderen und seiner Probleme besteht. Auch die Denkweise und vor allem die Denktradition ist enorm wichtig, dann würden viele so genannte Befriedungen erfolgreich ablaufen wenn die Befriedenden die Denkstruktur ihrer Zöglinge im intimsten kennen würden, aber sie tun es nicht und sind somit ein Hort neuer, lang dauernden Konflikte.

Weiterhin, László, müssen wir dir mitteilen, dass solche Voraussetzungen auch gerade nach der Katastrophe essentiell sein werden, um die Kontrahenten zukünftiger Krisen in neue Fahrwasser zu bringen. Denn leider wird es nicht nur Gesellschaften geben deren oberstes Ziel das Streben zu uns sein wird. Und aus diesem Grund werden solche Aktionen der Schlichtung und der Vertrauensbildung sehr wichtig sein. Du hast recht es kann nicht nur das Verständnis der Denkstruktur und Tradition sein, dazu gehört noch viel mehr: wie das aufnehmen der Probleme die der andere hat und sie ernst nehmen, denn tut man dies nicht, ignoriert man vielleicht die Grundbedürfnisse des anderen und kommt somit nicht mal in die Nähe des Verständnisses von dessen Situation. Was wiederum bedingt, dass man niemals in der Lage ist, ihm nur annähernd Vertrauen zu vermitteln. Denn Vertrauen bedeutet, dass man vielleicht auch Blößen freilegt die einen verwundbar machen und die vielleicht strategisch wertvoll sind. Wenn die Sachen sich komplizieren kann Vertrauen aber auch Hilfe und sogar Zuwendung bedeuten. All das sind zwischenmenschliche Werte die ihr fördern sollt um nicht in eine Situation zu kommen, wo es nicht mehr möglich ist mit dem anderen zu reden, weil man ihn nicht mehr für verhandlungswürdig betrachtet. Und genau dies wird geschehen László. Die Parteien werden sich vor dem Ausbrechen der großen Katastrophe nicht mehr verhandlungswürdig betrachten und sich auf Positionen zurückziehen, woraus sie den anderen bequem als Unmensch abtun können. Diese Distanz wird dann das Unmögliche Wirklichkeit werden lassen und das Weltenbrennen auslösen. In den letzten Monaten hat es sich gezeigt, dass das Kommende schon im Kleinen stattgefunden hat. Du weißt genau was wir damit meinen: Die Krise war der eines gemeinsamen Akts der aber wegen unterschiedlicher Meinung nicht zustande kam. Das Ergebnis ist katastrophal. Eine tiefe Kluft ist zwischen ehemaligen Freunden entstanden die im Moment nicht überbrückbar ist und nicht sein wird. Es wird soweit kommen, dass die Führer der jeweiligen Kontrahenten diese neue Überlegungen vererben werden und so die negative Ausgangslage bereits geschaffen ist, die die große Katastrophe überhaupt erst ermöglichen wird."

László: „Aber HIMMLISCHER VATER dies wird doch erst in 8 –14 Jahren stattfinden und wird dies denn tatsächlich zwischen USA, Frankreich und Deutschland so weitergehen?"

„Ja László, das wird es und du wirst leider mit sehendem Auge das Unmögliche auf euch zusteuern sehen. Dabei wirst du besonders leiden, weil du wissen wirst, dass es kommt und nicht mehr aufzuhalten sein wird. Leider, László, sehen wir im Moment keine Kräfte die im Stande wären da etwas entgegenzusetzen."

László: „Lieber HIMMLISCHER VATER im bisherigen Text habe ich einige wichtige Mitteilungen erfahren. Aber mir scheinen sie einfach, weil plausibel, als ob es nichts Besonderes wäre, und es beschleicht mich das Gefühl, als ob wir nicht alles niedergeschrieben hätten, als ob etwas wirklich Zündendes fehlen würde. Liege ich völlig falsch? Ich lass mich gerne belehren!?"

„László, mein Sohn, du hast es noch nicht begriffen, die komplizierten und verschrobenen Argumentationen sind nicht die, die erfolgreich umgesetzt werden und die ebenso erfolgreich zum Ziel führen. Die wirklich zündenden Ideen sind die, die man in einfache Worte kleiden kann, die jedermann verständlich sind und die dadurch selbst tragend sind. Sie mal den Inhalt des oben aufgeführten Textes. Er scheint sehr schlicht zu sein, aber würde er eine Komplexität enthalten, könnten die Leser nicht nachvollziehen was gemeint ist. Wir wollen dir aber auch noch einige zusätzliche Maßnahmen beibringen die man bei diesem Thema anwenden kann. Als erstes ist hier die ***Navigation der Akteure*** *zu nennen. Du hast richtig verstanden, unter diesem Terminus verstehen wir die moderierte oder geleitete Hinführung der einzelnen Akteure auf gewisse Positionen, die sie während der vertrauensbildenden Maßnahmen innehalten sollten. Dieses teilweise Rollenspiel soll nicht in Maskerade enden, sondern soll durch veränderte Aufgabenzuordnung dem anderen die Probleme und Lebensumstände des Gegenübers nahe bringen. Ja du hast recht in Kanada wurde etwas ähnliches mit den Indianern und den Industrievertretern gemacht. Doch dort ging es nur um Rollentausch, aber bei dem Navigieren der Akteure sind die Aufgabenfelder im Rahmen von Konferenzen flexibel gestaltbar und haben den Charme, dass bei geschickter Moderation die Akteure sich nicht manipuliert fühlen. Ein weiteres Beispiel für erfolgreiche Vertrauensbildung ist der* ***Umgang mit Symbolen*** *die man für den Rollentausch einsetzt. Die Beteiligten lernen innerhalb kürzester Zeit sich mit diversen Symbolen und deren unterschiedlicher Bedeutung auseinander zu setzen, um dadurch die Komplexität von so genannten labilen Systemen, wie dies Gesellschaften sein können, zu verstehen."*

László: „Lieber Himmlischer Vater ich habe den Eindruck, dass es hier noch weitergeht, dass wir die oben aufgeführten Gedanken ausarbeiten sollten?“

„In der Tat ist dieser letzte Gedanke noch nicht ausgeführt worden. Es wäre noch wichtig den Lesern mitzuteilen, dass die Arbeit mit den Symbolen die Arbeit mit den unterschiedlichen Parteien vereinfacht, da es stellvertretende Akteure sein können, die solche Aufgaben unter dem einen oder anderen Symbol übernehmen können. Denk bloß nicht, dass dies ein kindliches Treiben ist, es ist die modernste Art des Konfliktmanagements. Sie ermöglicht, dass die unterschiedlichen Beteiligten sich nicht in Rollen drängen lassen und aber auch nicht die Aufgabe von einer gewissen Fraktion übernehmen. Vielmehr ist es die möglich Übernahme von Verantwortungen für unterschiedliche Themen für ein und dieselbe Person oder Fraktion. Dadurch ist es möglich, dass die Barrieren des Gegeneinanders automatisch aufgelöst werden und die Kontrahenten plötzlich sich nur mit Sachthemen befassen. Dies wiederum ist dann die richtige Ebene, um dem anderen gegenüber Vertrauen zu gewinnen. László, bitte durchdringe das Gesagte gewissenhaft, dann wirst du den Wert erkennen, ich denke du hast schon rein intuitiv das wahre daran erkannt. Das Umsetzen und Einsetzen dieser Technik wird gar nicht so schwierig sein, denn bedenke, diese besonderen Zeiten werden besondere Instrumente benötigen und die Menschen werden bereitwillig diese neuen Ideen aufnehmen. Wir haben es schon oft gesehen, dass die Parteien in solchen Situationen relativ hilflos sind und bei fehlender Moderation sich hinter der Aggression und Drohgebärden verstecken. Kommt aber die besagte moderierende Hilfe dazu, kann der Prozess produktiv und erfolgreich enden. Wir beziehen dies durchaus auf internationale Ebenen, denn eins musst du auch wissen, dass all diese Techniken die zu diesem Thema existieren bei den wirklich wichtigen Konferenzen nicht zum Tragen kommen und nicht angewendet werden. Du könntest bei entsprechender Situation den Beginn machen, so, dass es dann die Schule macht.

László, wir haben uns sehr gefreut als du entschieden hast diese Themen aufzugreifen, denn wir wissen um der Wichtigkeit dieser Aktivitäten die wunderbare Rahmenbedingungen für Veränderungsprozesse d. h.

Vertrauen schaffend sind. Und dies wird in diesen schweren Zeiten nach der Großen Katastrophe sehr, sehr notwendig werden."

László: „Wo sollen denn solche Übungen stattfinden und zwischen wem?"

„László, du lässt nicht locker, du möchtest das ganze Geschehen am liebsten in Form einer Landkarte aufgezeichnet haben, möglichst mit Uhrzeit und Jahreszahl. Alles kann ich dir nicht mitteilen. Nicht dass ich es nicht könnte; - es würde euch nur wenig hilfreich sein. Ich kann aber so viel sagen, dass eine Anwendung dieser Methoden überall dort geschehen wird wo es ungelöste Probleme der jeweiligen Parteien geben wird und wo aber auch eine Bereitschaft für eine Besserung vorhanden ist."

László: „Lieber HIMMLISCHER VATER ich danke Dir für Deine Geduld mit mir und deine Hilfe."

14. Verwendung der Himmlischen Hilfe

„Es ist ein Besonders wenn der Mensch die Möglichkeit hat, eine direkte Verbindung mit uns zu haben. Diese muss aber auf eine besondere Weise zustande kommen und gepflegt werden. Wenn dies alles gegeben ist, dann kann eine Verbindung entstehen, die, die Hilfe, wie sie zwar existiert, aber von euch nicht wahrgenommen wird, in eine bewusst, Hilfe wandelt und somit eine Potenzierung der Verbindung, der Möglichkeiten, bietet. Wir wollen nicht über die göttliche Intervention reden, wir wollen die von euch mit eurem Glauben und Willen induzierten Möglichkeiten erörtern die für euch bei den gegeben Vorbedingungen offen stehen.
Als ***erstes*** *sollte hier die* ***Freiheit von der Angst*** *erwähnt werden, die durch den Kontakt mit uns entsteht. Denn die Kenntnisse die wir vermitteln, lassen die Tatsache des Todes in einem anderen Licht erscheinen.*
Zweitens *ist hier die* ***Möglichkeit der Kommunikation*** *zu nennen, die,*

die Sicht nach vorne ermöglicht und somit Änderungen bei der Entscheidung über den zu wählenden Weg ermöglicht. Dies ist nicht mit der Kristallkugel gleichzusetzen, sondern es ist eine Möglichkeit in die zukunftsorientierte Dynamik eurer Entwicklung zu sehen. László, die andere Stärke die unsere Verbindung mit euch bedeutet sind die ***klaren Glücksgefühle*** *die ihr mit der Verbindung mit uns erlebt. Hier hat man dann keine Filter mehr, weder solche ökologischer, noch sozialer und emotionaler Art. Das führt dazu, dass ihr dies dann am besten werdet einsetzen können, wenn ihr in der Lage seid, das Thema in seiner Komplexität dem anderen zu vermitteln."*

„László, es ist notwendig den Menschen zu zeigen, dass es durchaus Möglichkeiten gibt die außerhalb ihrer Wahrnehmungsbereiche sind, die Ihnen aber für die Bewältigung ihrer Arbeiten und Ziele enorm wichtig sein können. Hier ist noch das **Thema des Glaubens** *zu nennen. Durch den Kontakt mit uns ist es möglich, dass sich eure Kapazität (mit uns an der Seite) erhöht, andere in euren Bann des Guten zu ziehen und ihnen plötzlich die Schriften die sie kennen als etwas Wunderbares, Lebendiges zu betrachten helfen. Dies alleine wäre ein Vorteil der die ganze Mühe der Kommunikation mit uns schon lohnen lassen würde. Aber es gibt natürlich viel mehr. Die Menschen würden plötzlich Ziele ihr eigen nennen die sie früher nur mit Abneigung angegangen wären.*
Sie werden die Liebe entdecken in ihrer reinsten Form und werden bereit sein, durch den Kontakt mit uns, dies auch in ihrem Leben zu verwirklichen. Denn, László, nicht alles ist verschroben und schlecht, nur der Zeitgeist fördert gewisse Tendenzen und da hat im Moment die himmlische Ebene keinen Platz. Es ist in den Herzen Dunkel und das Licht das sie glauben zu sehen ist nur ein Scheinlicht der Oberflächlichkeit. László, du hast ja recht, dies bezieht sich auch nicht auf alle. Aber du würdest dich wundern, wenn du wüsstest, wie wenig Menschen auch unter den „religiösen" wirklich bereit sind meinen Weg zu gehen und eine Umkehr in ihrem Herzen zu vollziehen. Es ist im Moment die Religion selber, die sich an der Oberfläche befindet. Die wirklich tiefen Gedanken und wahren Verbindungen kommen da kaum zustande. An guten Absichten mangelt es nicht. Viele haben eine klare Vorstellung

ihres Weges zu mir, László, aber die Umkehr findet nicht statt, die innere feste Überzeugung, dass es nur mit uns geht, - dies ist selten geworden. Deswegen ist es aber wichtig dass ihr den Menschen klar macht, dass die Hinwendung zu uns auch eine sehr praktische Bewandtnis hat. Dies gibt euch Menschen die Kraft, die Dinge des Alltags kraftvoll und erfolgreich durchzuführen. Ein gutes Beispiel bist du selbst. Denn vergiss nicht: ***Wir sind die Weisheit die Ewigkeit und das ewige Glück das nie nachlässt, das sich steigert und wo das Leiden ein Fremdwort ist****. Diese Darstellung wird in den unterschiedlichen Kulturen ausgedrückt, als wären es irdische Wonnen die auf euch warten, weil sie keine Vergleiche heranziehen können. Doch sei eines versichert, - die Wonnen sind es nicht. Euch wird das ewige Licht durchdringen in einer Form wie es dem Menschen nicht gegeben ist es bewusst zu erleben und zu überleben.*"

„Möchtest du noch mehr zu diesem Thema erfahren? Ja? Dann gedulde dich, wir werden gleich weitermachen. Es ist ein Besonderes wenn Menschen sich an uns wenden und wenn sie dies mit Inbrunst tun, denn da wird auch gegenwärtig, was für Gefühle sie in der Lage wären uns entgegenzubringen. Wir fragen uns, ist es denn notwendig, dass sie Extreme erleben müssen um sich so zu artikulieren? Warum sind sie nicht in der Lage dieses als ihr Vehikel zu mir zu betrachten? Dann wäre es ein leichtes den Weg nicht nur zu erkennen, sondern ihn auch bis zum Ende zu gehen. László, dies sind Fragen die wir natürlich beantworten können, aber werfen wir sie auf. Die Große Katastrophe wird, wie bereits früher gesagt, eine Katharsis sein, die erreichen wird, dass es Menschen geben wird die sich nicht nur des momentanen Leides wegen auf den Weg zu mir sehnen werden. Und es werden Gedanken aufgenommen werden, die durch meine Vermittler kommuniziert werden."

„Denk daran, dass die ***wertvollen Stellen*** *in den weisen Büchern der Religionen immer gleich sind und trotzdem gibt es diese auch mit Blut ausgetragenen Differenzen. Hier wird es endlich mal die Möglichkeit geben die positive, Seiten der Globalisierung zu sehen, denn sie wird erlauben, dass meine Gedanken auf einmal in verschiedenen Ländern*

fast gleichzeitig verfügbar sind. Es wird erlauben, dass die Menschen ihre eigenen, Schriften mit neuer Hinwendung und mit neuem Enthusiasmus sehen, denn sie werden wissen, welches die Gedanken von ihrem liebenden Gott sind und welche eben nicht. Es sind große Gedanken die du jetzt festhältst und es sind Gedanken, die wenn sie auf fruchtbaren Boden und offenen Geist treffen, die Herzen wieder öffnen helfen."

„Der Mensch sollte immer versuchen mit uns den Kontakt zu suchen, denn nur so wird er in die Lage versetzt das irdische Schicksal in einen Erfolg zu verwandeln, der über das Maß hinausgeht, das er auf Erden erreichen kann. Dies wird ihm speziell klar werden, wenn er alles an Erreichbarem besitzt. Dann wird er sich plötzlich der Leere bewusst und, dass all dies nicht die Erfüllung sein kann. Denn den Erfolg macht mehr aus als der materielle Besitz. Du hast dies schon klar vor Augen. Manchmal überlegst du dir noch was es sein könnte, das dein Herz befriedigen würde und plötzlich siehst du, dass es nichts mehr gibt was dies erfüllen würde. Nein, László, wir sind vom Thema nicht abgewichen, wir haben aber auch die Aufgabe euch über alles und umfassend zu informieren. Jetzt kommen noch drei Themen die hier genannt werden müssen."

„Das ***erste Thema*** *ist Eure Verpflichtung, beim Kontakt mit uns immer folgende Grundvoraussetzungen zu erfüllen wie:* ***Ehrlichkeit, Respekt*** *und* ***Glaube****. Ohne dies, László, könnt ihr zwar den Kontakt suchen und ihn vielleicht auch für kurze Zeit haben, aber er wird euch entnommen weil es nicht auf tiefer Überzeugung basiert.*
Das ***zweite Thema*** *ist das der* ***Handlungssicherheit****. Es ist wichtig, dass was ihr tut, mit großer Überzeugung und festem Glauben durchführt. Denn wenn dies nicht so ist, ist es etwas aufgesetztes eine Pose und nicht mehr und ihr werdet in deren Reihe stehen, die nur mit einem formalen Vorhang das Wahre vertuschen.*
László, das ***dritte Thema*** *ist das der* ***Ehrlichkeit.*** *Du darfst mit dem Kontakt zu uns nicht annehmen, dass wir nicht alles erfassen was geschieht, weil wir nicht physisch zugegen sind. Es ist sicherlich einfacher an etwas zu glauben das sichtbar vorhanden ist, als etwas das nur im Glauben erfasst werden kann."*

László: „Die Ehrlichkeit scheint mir hier nicht am richtigen Platz zu sein, sie wurde doch schon früher erwähnt?"

„Ja, László, das wurde sie, aber wir sollten sie nochmals in einem umfassenderen Kontext darstellen. Es gibt nämlich Situationen, wo es wirklich wichtig sein wird, dass ihr ein paar Parameter an der Hand habt, die euch erlauben eine klare Einschätzung eurer selbst zu machen, wenn ihr bestrebt seid unseren Weg zu gehen."

„Gerne gehe ich nun auf deine Frage ein. Tatsächlich besteht hier noch ein Nachholbedarf der jetzt gedeckt werden kann. Die Ehrlichkeit, lieber László, ist ein zweischneidiges Schwert. Seid ihr mit all euren Wünschen und Sehnsüchten am Thema verhaftet, dann ist es mehr als nur eine Glaubensbekenntnis, dann ist es eine Philosophie der Lebensgestaltung. So das zur Einleitung, ich denke László, dass ihr in der Lage sein müsst die Ehrlichkeit als ein heiliges Vehikel zu benutzen, um es nicht dann als eine Waffe oder gar als ein Racheobjekt gegenüber dem anderen ins Feld zu führen. Das wird geradezu fanatisch von euch Mitteleuropäern geübt, denn ihr habt den Rechtssinn tief in eurer Seele verankert und frönt sozusagen der Situation sie anzuwenden. Viel wichtiger ist es den Menschen zu verdeutlichen, dass sie in der Lage sein sollten sich immer aus einer distanzierten Perspektive zu sehen und dabei nicht zu vergessen, dass diese Ehrlichkeit ein Wohl für die liebende Seele sein kann und dann, wenn als Waffe angewandt, dem anderen sogar den Tod bedeuten kann. Dies ist nicht zu dramatisch. Viele Beispiele belegen, dass es immer nur an einer kleinen Nuance hing wie der Befragte die Antwort als ehrlich oder auch als Halbwahrheit formulierte. Nein, László, das ist nicht alles, wir denken, dass es euch durch den Kontakt mit uns möglich sein wird den moralischen Hintergrund einer Situation zu erfahren und zu erkennen und aus dieser dann die Aktion der Ehrlichkeit entstehen zu lassen, die ja erst dann entsteht wenn es die Situation erwünscht. Ich denke bei uns gibt es kein Dilemma der Ehrlichkeit wir überlegen uns jedes Wort und sagen was situationsgerecht erscheint und was der andere nach seinem Gemütszustand gerade am besten verkraften kann. Beginnst du allmählich zu verstehen, dass es

kein schwarz oder weiß gibt, gut oder böse. Die Begriffe sind viel komplexer und sollten als solche von Euch erkannt werden."

„Ja, László, ich habe noch einiges mitzuteilen: Euch wird es nicht vergönnt sein, diese Erleuchtung der Begrifflichkeit der einzelnen moralischen Aussagen hinreichend zu verstehen und zu erfahren. Aber ihr Menschen seid zumindest soweit entwickelt, dass ihr es verstehen werdet, dass es mehr gibt, als was eure Rechtsprechung mit so einem hohen Anspruch für sich als letzte irdische Instanz sein eigen nennt."
„Ich wundere mich manchmal (auch euer Gott hat das recht sich zu wundern), dass ihr mit einem so großen Selbstvertrauen Sachen und Themen behandelt und formuliert, die in ihrer Komplexität gar nicht überblickt werden können, ihr sie aber in Gesetzestexten klar und womöglich auch unmissverständlich definiert und ausüben wollt. Nun, es muss sich genau in den Krisenzeiten nach der großen Katastrophe auch ein neues Rechtsverständnis entwickeln, wo der Einzelne plötzlich in der Lage sein wird, Zusammenhänge mit großen Wahrheiten zu entdecken und diese in einen Zusammenhang zu bringen. Dann kann er die Wahrheit und die Rechtssituation auf eine viel solidere Basis setzen."

„László, das Thema der Ehrlichkeit würde sicher noch einiges Interessantes bieten doch denken wir, dass es hier schon seinen Umfang erreicht hat, der ein Grundverständnis bei euch sicherstellt."

László: „HIMMLISCHER VATER vielen Dank für DEINE Unterstützung."

Nach der ersten Durchsicht des Kommunizierten hatte ich nach wie vor Bedenken ob ich tatsächlich alles richtig verstanden hätte, aber bei erneuter Prüfung und mit einem erheblichen zeitlichen Abstand empfand ich nach der Lektüre der letzten zehn Seiten eine Mischung aus Demut, Bescheidenheit, Liebe und Dankbarkeit unserem HIMMLISCHEN VATER gegenüber der sich um uns sorgt und der alles unternimmt uns in seine Richtung zu lotsen und dabei unsere Freiheit um jeden Preis wahrt.

***

„László, wir müssen folgendes behandeln: wir müssen euch erklären warum es so dringend notwendig ist, dass ihr mit uns Kontakt habt. Die Zeit ist gekommen wo es von eben diesem Kontakt abhängen wird wie ihr eure Aufgaben werdet meistern können. Dabei wird es nicht so wichtig sein ob diese Aufgaben im spirituellen oder materiellen Bereich sind. Es sind aber alles Aufgaben die euch in eurer Entwicklung weiterbringen. László, es ist eine Weiterentwicklung die euch erlauben wird den Weg fortzusetzen den ihr hier auf Erden begonnen habt und der euch bei richtigem Tun zu Mir führen wird. Ja, László, denk immer daran, dass diese Entwicklung auf dem freien Willen basieren muss und eben deswegen von euch gesteuert werden kann. Wir haben dafür natürlich auch Bedingungen geknüpft die ihr einhalten müsst, wenn die Stufen der Entwicklung aufeinander folgen sollen. Also, erstens László, ist es wichtig, dass ihr erkennt, dass es einen solchen Weg gibt, als zweites sollt ihr klar sehen, dass dieser nur von euch erklommen werden kann. Er kann nicht von außen an euch getragen werden. Die innere Kraft die ihr dabei entwickelt ist die treibende Energie für das, was Ich euch jetzt schildere. Es muss für alle die diesen Weg suchen klar sein, dass es eine von euch gewollte Option ist und sonst nichts. Ja, László, die Bedingungen dafür sind, wie kann es auch anders sein, die Liebe, die Ehrlichkeit und der Glaube. Es muss eben für einen solchen Weg besondere Bedingungen geben und in den Zeiten die kommen werden, die wir hier ausführlich behandeln, kann diese Kombination von den Leiden befreiend sein. Dieses ist nicht nur esoterisch oder geistig, sondern mein lieber László, ganz praktisch gemeint. Deswegen wird es an euch liegen, ob und in welchem Masse diese unsere Hilfe euch zu gegen sein wird.“

László: „HIMMLISCHER VATER ich frag mich natürlich was sollen wir Menschen tun um diese Bedingungen zu erfüllen? Was ist denn möglich, wenn man direkt im Schlamassel steckt und nicht weiß wohin oder an wen sich wenden? Wenn der Himmel zusammenbricht und scheinbar alles verloren geht, wenn es nur Böses um uns zu geben scheint und kein Hoffnungsschimmer da ist? Wenn ich an die vielen

Massaker der letzten 10 Jahre denke (man muss leider nicht weiter zurückgehen), wie kann ich meinen Mitmenschen sagen, bitte seid ehrlich wendet die Liebe an und habt Glauben."

„László, deine Gedanken sind nicht fokussiert, aber sie werden es gleich sein und wir werden in der Lage sein tatsächlich das zu vermitteln, was für das, was du eben geschildert hast, notwendig ist. László der Mensch in seiner Not denkt leider nicht so wie du meinen würdest, an Uns und in Liebe, oder sogar im Glauben. Deswegen sage ich dir, dass es notwendig sein wird, dass die Menschen in der Lage sind sich im Kern ihres Seins auf Mich zu besinnen und nicht nur in Bittgebeten, Stoßgebeten und in ihrem letzten Seufzer. László sag Ihnen, dass die Liebe sie vereinen wird, dass sie sich zu ihren Liebsten und zu Mir in Liebe wenden sollen, wenn es am schlimmsten ist und, dass es nicht ein bloßes Chaos gibt, denn in allem werde Ich dabei sein und euch helfen. Sie sind nicht alleine und werden in meine Arme genommen, denn das Leiden ist nicht ewig und der Tod wird in diesen Zeiten eine andere Bedeutung bekommen. Ja, László, diese Wendung hast du nicht erwartet. Der Tod wird die Bedeutung eines sich lösenden Individuums bekommen, welches sich von den Qualen die ihr euch gegenseitig antut, lösen wird. Also, László, dies ist ein Aspekt. Der zweite Aspekt ist die Fähigkeit genau im Zentrum des Orkans den Glauben an Mich zu bewahren und nicht zu glauben, dass das Böse gesiegt hat. Es hat es nicht und auch nicht der strafende Gott ist zugegen. Deswegen, László, wird es eben eines Glaubens, eines felsenfesten Glaubens bedürfen um sich aus diesem Chaos das kommt loszulösen. Wir werden mit allen himmlischen Heerscharen zugegen sein um die zu schützen, die sich in ihrer wichtigsten Stunde zu uns entscheiden und den Weg zu mir beschreiten wollen. Deine Vermutung ist richtig: Viele Seelen haben in diesem Chaos ihr Schicksal gewählt; - sie wollen zu Mir kommen und dies auf die abrupte Weise. Aber gehen wir zum Thema zurück. Es muss eine Erneuerung geben. Dies kann nicht endgültig und ohne eine wichtige Änderung weitergehen und auch diese Katastrophe wird nicht ohne einen Sinn sein, wenn ihr in der Lage seid das Positive daraus zu gewinnen. Wir wollen László aus ganzem Herzen, dass dies nicht passiert. Da sie aber kommt, ist es eben besser euch richtig darauf vorzuberei-

ten. Denk einmal nach, László, würden wir uns so viel Mühe machen, wenn uns alles egal wäre, wenn der Liebe Gott auf den Wolken sitzend sich des Schauspiels ergötzen würde und sonst gar nichts. Das Schicksal ist in diesem Fall mit Sicherheit „Menschengemacht“ und auch hier wollen wir aber Hoffnung geben und euch den Mut wieder herstellen, der es ermöglichen wird eines Tages bei mir Einlass zu bekommen. László denk daran, hier sind nicht die Fragen zu stellen ob die Menschen recht haben oder nicht, hier werden die Fragen des Seins gestellt und Weichen für eure Entwicklung gelegt. Deswegen bitte ich dich das Gesagte in seinem korrekten Kontext zu schildern und euch auf dies gut vorzubereiten. Ja, unsere Möglichkeiten sind beschränkt, wenn ihr sie nicht in Anspruch nehmt. Tut ihr das aber, ändert sich vieles, auch im Materiellen. Ja, László, auch dort, denn man kann nicht die eine von der anderen Seite abgrenzen, dies geht nicht und führt zu nichts.“

Viele von Ihnen werden fragen, was ist denn die ultimo Ratio dieses Weges? Warum soll ich mein ganzes Sein plötzlich von heut auf morgen ändern? Was wird dadurch besser? Natürlich ist dies die falsche Frage. Niemand wird von Ihnen verlangen, dass Sie sich irgendwohin wenden, wenn nicht Sie selber den inneren drängenden Bedarf verspüren einfach besser zu werden und alles was schlecht oder böse ist, fallen zu lassen und sich nur dem Guten zuzuwenden. Die göttliche Liebe ist so unermesslich, dass sie uns all diese Freiheiten lässt. Wer kontrolliert uns den im moralischen? Der Gesetzgeber? Nein, der hat andere Sorgen, er will die allgemeine Ordnung des Zusammensein aufrecht erhalten aber über die kleinen und vielleicht auch größeren Gemeinheiten die wir manchmal so bereitwillig begehen, das alles ist uns überlassen. Dies ist die Normalsituation, doch stellen Sie sich vor, dass das totale Chaos und die absolute Verzweiflung herrscht und Sie nicht mehr in der Lage sind, Gut von Böse zu unterscheiden, weil alles unlogisch und chaotisch abläuft, und falls Sie sich dann nach innerem Halt sehnen, werden Sie plötzlich der Möglichkeiten gewahr die unser HIMMLISCHER VATER uns bereit hält. Dann werden die Begriffe Liebe, Ehrlichkeit und Hoffnung plötzlich konkrete Konturen annehmen ohne den Geschmack des einfältigen Religionskonformisten. Wenn Sie zu dieser Erkenntnis gekommen sind, dann werden Sie auch die Zuneigung unseres HIMMLISCHEN VATERS erleben der sehr real in unser irdisches Schicksal „hinein hilft", der sich nicht zu schade ist, Ihnen bei kleinen praktischen Fragen des Alltages eine liebvolle Unterstützung zu bieten. All dies wird plötzlich lebendig, farbig und ohne den leisesten Hauch der asketischen Intoleranz so genannter Religiöser.

***

„Wie wir dir bereits erläutert haben, gibt es eine ganze Anzahl von Bedingungen die dazu führen, dass man mit uns Kontakt hat und dann schließlich in den Genuss der Vorteile kommt die damit verbunden sind. Doch dies ist kein Supermarkt wo das Angebot dem Kunden schmeicheln will, dies sind seelische Entwicklungsmöglichkeiten für den Menschen und als das sollte es verstanden werden. Wir wollen aber nicht, dass es in den kommenden, schweren Zeiten für den Menschen gar keine Alternative gibt und er ohne einen Schimmer an Hoffnung sich darin wiederfindet. Wie du sicher weißt, wird es in diesen Zeiten keine noch so kleine Möglichkeit von Ausflüchten geben. Ihr werdet in eurer eigenen technologischen Falle sitzen und plötzlich merken, dass es außer den Dienstleistungen auch noch andere Berufe gibt. Und es wird sich klar herausstellen, dass ihr eigentlich Abhängigkeiten von anderen Kontinenten geschaffen habt, die jetzt ihren Preis fordern werden. Die billigen Rohstoffproduzenten werden zwar ebenfalls leiden aber es wird auch diesbezüglich eine Bewusstwerdung geben die bisher nicht hat stattfinden können weil die Raffgier bei einigen dergestalt ist, dass sie blind und taub für die Anliegen des anderen sind."

„Was jetzt noch besprochen werden muss, ist das Thema der Zuständigkeit der himmlischen Heerscharen für einzelne Arbeitsbereiche. Ja László, du hast richtig verstanden, es sind die unterschiedlichen Ebenen des Jenseits die euch bei den verschiedenen Arbeiten helfen werden. Als erstes sollen die Lehrmeister genannt werden, die euch am nächsten stehen. Dies sind erhabene menschliche Seelen die es geschafft haben, sich aus dem ewigen Kreislauf zu lösen und noch Dienste in Meinem Auftrag bei euch leisten. Sie werden in erster Linie für das Zustandekommen der Verbindung mit Uns zuständig sein. Sie sensibilisieren

euch, damit ihr euer Herz zu Uns öffnet. Als nächstes sind die Schutzengel zu nennen die um euch sind, falls ihr in der Entwicklung soweit gekommen seid. Sie erfüllen eine wesentliche, Aufgabe um euch zu einer der vorgesehenen Schicksale zuzuführen. Als nächstes müssen wir euch die Erzengel nennen, die spezifische Aufgaben zu eurem Wohle übernehmen. Aber Achtung diese Ebene wird nur aktiv wenn sie von euch aktiviert wird. Aus eigener Initiative werden sie nicht aktiv. Dann kommt euer Prinz, Mein Sohn Jesus der für euch die Bahnen geglättet hat und an eurer Seite stehen wird. Aber bitte vergesst nicht, dass die Menschen einen Bezug zu diesen Ebenen aufbauen müssen, sonst nützt die ganze Aufzählung nichts, sonst kommt sie nur einem Inventar gleich. Nun wenn es klar ist, wer von Uns für was für eine Arbeit zuständig ist, kann bei denen, die eine Bewusstwerdung erleben, eine gerichtete Hinwendung für ihr Anliegen geschehen."

15. Einsamkeit der Menschen in Krisenzeiten

„Wir denken, dass das Thema für den Moment als abgeschlossen gelten kann, denn hier soll ja nicht auf die ganze Komplexität der himmlischen Strukturen und der metaphysischen Eigenheiten der einzelnen Elemente des Himmels eingegangen werden. Was aber noch fehlt, ist das Thema der Einsamkeit der Seele in diesen Krisenzeiten. Es muss für den Menschen in der Not geschrieben werden und der hat eben die Sorge was aus ihm wird, was mit seiner ganzen sozialen Absicherung was mit seinem sozialen Netzwerk ist. Er wird sich plötzlich ausgesetzt vorkommen, einsam und verlassen. Es wird nicht mehr den Staat geben. Der Staat wird ein Haufen Scherben sein und wenn es hoch kommt, Trümmer. In dieser Situation muss ich helfen können, László, aber dazu bedarf es einer Brücke, die ihm klar macht, dass die Hilfe angefordert werden muss, dass sie nicht ohne weiteres kommt, dass er sie sich wünschen muss von Mir, seinem liebenden und sorgenden Gott. László, dies sind sehr profunde Überlegungen, die den Menschen dann wirklich helfen werden. Aber eben, wie kannst du den Menschen klarmachen László, dass diese Hilfe von Herzen verlangt werden soll und sie ein natürliches Bedürfnis sein soll an Mich und sonst an niemanden anderen.

Nein, László, es wird keiner Exempel bedürfen um dies plausibel zu machen. Es wird einfach das Wort ausreichen müssen und die Art wie es vermittelt wird."
„Dies sind die Zusammenhänge mein Lieber die dazu führen müssen, dass der Mensch sich aus seiner Einsamkeit befreit. Denn was sind die Erwartungen die erfüllt werden können? Man wird sich geborgen fühlen und plötzlich verkleinern sich die äußeren Sorgen und werden verdaubar für euer manchmal so sensibles Menschengemüt. László aber denk dran, dass du diesen Menschen klar machen musst, dass durch die Hinwendung zu Mir sich die Änderungen in allen Lebensbereichen einzustellen beginnen. Dies ist ein Prozess, einer der wenn nicht richtig aufgepasst wird ,von außen als Glück interpretiert werden kann, aber der in der Tat die himmlische Fürsorge in der Praxis ist. Ich denke László, dies sind doch eigentlich ganz normale Abläufe zwischen mir und dir, die aber auch bei andern möglich sein müssten, nur eben dann zustande kommen, wenn es einen wirklichen Druck auf die Seele gibt."

„Zur Einsamkeit, gibt es sicherlich noch einiges zu sagen. Aus ihr darf auf keinen Fall ein Todeswunsch erwachsen. Dies würde eure Welt wie ihr sie kennt nur noch verkomplizieren. Denn stell dir die groteske Situation vor: Ihr seid in einer tiefen Krise und wollt aus ihr raus indem ihr ein großes Verbrechen an eurer seelischen Entwicklung begeht. László, das kann nicht sein! Dies führt zu nichts!
Gehen wir auf die wenigen Extremsituationen gar nicht ein, die es immer wieder geben kann und wo die Gratwanderung des Rechtens nicht immer eindeutig und für den Menschen schwer verständlich ist.
Also hier bitte keine Ausnahmen beschreiben László!
Aber was ist, wenn ihr doch noch eine weitere Lektion durch den Selbstmord erleben müsst, dann muss sich die Seele wieder Läutern lernen und dies kann einige Inkarnationen in Anspruch nehmen und euch nur wieder weiter weg von Mir katapultieren - also bitte nicht!
Überlegt sehr wohl, was ihr mit dem Tabernakel Körper anstellt und achtet darauf, dass er als euer Vehikel auf dem Weg zu Mir erhalten bleibt.
László, dies sind die wichtigen Überlegungen, viele werden dich deswegen anfeinden denn es wird als ein Leichteres betrachtet werden, sich

einfach der weniger komplizierten Lösung hinzugeben, aber sie ist nur auf den ersten Blick eine Lösung."

„Achte darauf mein Lieber Sohn, dass du diese Worte nicht wie Drohungen auftauchen lässt, sondern als Wegweiser zu Mir und, dass sie in Liebe gesprochen werden die Meine Fürsorge um euch ausdrückt. Und genau das wird es sein, mein lieber László, was diese Schrift ausmachen wird: Die Kunst des Vermittelns. Denn wenn wir Drohgebärden armen verzweifelten Menschen bieten, dann kann dabei nur eine Flucht nach vorn entstehen - und die führt vielleicht nur ins Dunkle. Der kollektive Selbstmord ist keine Lösung dieses Problems. Nur weil es viele machen, wird er dadurch in der Schwere für das Individuum nicht geringer. László, dieses Thema wird leider eine große Relevanz haben. Ihr werdet gut beraten sein, diese meine Hilfe zu Rate zu ziehen und darüber zu meditieren."

László: „Lieber HIMMLISCHER VATER im Moment scheint mir noch eine Frage zu diesem Thema aufzutauchen, die sich aus dem vor kurzem erlebten Kontakt mit einem Familienmitglied ergeben hat. Wie kann ich einem Menschen Hoffnung geben, der einsam und sich verloren vorkommt und ich annehme dass er NICHT die Kraft hat, sich meditativ zu versenken oder sonst auch nicht die Disziplin aufbringt, eine stetige Hinwendung im Glauben zu erreichen."

„Mein Sohn diese Frage wird vielfach auftauchen und es wird die Menschen sicherlich auf eine Weise beschäftigen, wie du es dir im Moment nicht vorstellen kannst. Es gibt keine einfache Antwort auf diese Frage. Es gibt auch keine Zauberformel, die dieses Dilemma auflösen würde und doch gibt es die Chance, die dieser seelischen Situation inhärent ist. Die besteht in der Tatsache, dass diese Person, die so in die Ecke gedrängt ist noch immer die Möglichkeit hat sich an Mich zu wenden. Dies mag ungelenk und schlecht artikuliert sein aber die Tatsache, dass eine Hinwendung geschieht, ist ein fundamentaler Schritt nach vorn der in der Lösung des Problems gipfeln wird. Du weißt, dass dies der Fall ist und du hast allmählich ein Vertrauen, das ich bei dir vorher nicht gekannt habe. Die Seele, mein lieber Sohn, ist ein sehr besonderes Ge-

schöpf. Es hat die inhärente Möglichkeit sich seinem Schöpfer zu nähern, ohne dabei sich auf nur die eine Lebensform zu stützen. Die Seele kann sozusagen bei einer Bewusstwerdung zu Gott die Schritte relativ unabhängig weiterführen; - das ist aber immer mit dem freien Willen gekoppelt."

***

„László, auch heute sollten wir einen Schritt weiter nach vorne tun. Wir sollten auch dieses Kapitel zu einem Ende bringen. Als erstes sollten wir das Thema Einsamkeit im Hinblick auf die Ereignisse behandeln, wie sie sich nach der großen Katastrophe für viele elternlose und verwandtenlose Menschen ergeben wird. Man wird sich fragen, ob die Familien mit anderen Banden ersetzbar sind oder nicht. Und plötzlich wird es den Menschen einleuchten, dass dies durchaus möglich ist, sofern das Vertrauen existiert was Familienbande ausmachen. Denn auch diese Bande sind ja nur so gut wie das gegenseitige Vertrauen das ausgeübt werden kann. Aber was tun László, in einer Welt der Gefahren der Unsicherheit und der Verwesung? Was kann man da, als Individuum auf sich gestellt, anfangen. Vieles, László, denn es wird für euch gegeben sein, die Werte der zwischenmenschlichen Beziehung auf ein neues Maß zu bringen und man wird sich noch in der Zukunft oft an diese neue Art miteinander umzugehen rückbesinnen. Woraus sie besteht László? Sie besteht aus dem Herausbilden von verantwortungsvollen Zirkeln, wo man sich nach bestimmten Regeln einbringen kann, das Vertrauen der anderen gewinnen kann und selbst dann die Liebe und die Achtung der anderen erfährt. Aber du siehst es richtig, der Faktor Zeit ist nicht wegzudenken. Man muss sich Zeit lassen gemeinsame Erfahrungen zu erleben und diese auf sich wirken lassen, bevor daraus ein auf Liebe und Verständnis aufbauendes Vertrauen entsteht, das in dieser schwierigen Zeit die Einsamkeit des Individuums aufhebt und die richtige Zugehörigkeit der Menschen entstehen lässt. Doch, und da hat deine Intuition richtig gelegen, ist es ja auch der erste Baustein für das richtige Einnorden der menschlichen Seele auf dem Weg zu Mir. Überleg mal, László, es gibt eine Katastrophe, die Menschen werden einsam, lernen Instrumente um dies zu überwinden und plötz-

lich erweitert sich ihr Horizont in Meine Richtung. Man könnte zynisch sagen, dass der ganze Umweg nicht notwendig gewesen wäre. Natürlich hast du Recht, aber seid ihr denn jetzt bereit euren Weg radikal umzustellen? Nein! Und daraus entstehen die Dummheiten die in diese Sackgasse führen, die als solche aber trotzdem nicht ist!"

László: „Lieber HIMMLSICHER VATER gib mir bitte ein Beispiel wie die Post-Ära der Katastrophe verlaufen würde, wenn Jesus nicht seine Laufbahn auf Erden gehabt hätte. Ich möchte die Theorie verstehen die dahinter steht."

„László, dies ist eine äußerst wichtige Frage, die das Sein von eurem Fürsten Jesus in einem ganz anderen Licht erscheinen lässt. Ihr hättet nie in eine klare und so von uns umgebene Situation kommen können. Denn vergiss nicht László: Nach der Katastrophe werden alle meine Helfer um Euch sein und in dem Moment, wenn ihr euch an uns wendet, sind wir euch zu Diensten.
Nicht so ohne Jesus!
Wir müssen dir sagen, ohne Ihn hätte das Böse eine weitreichende Wirkung nach der Katastrophe!
Die Intonation des Guten wäre auf Urantia nicht selbstverständlich.
Er hat das Ambiente geschaffen, dass das Schlechte durch Euch besiegbar ist.
Er hat sozusagen die Bedingungen geschaffen, dass es nicht selbstverständlich ist, dass das Böse ohne weiteres auftauchen kann.
Die Kräfte sind sozusagen ausgeglichen und es hängt nur von euch ab, an wen ihr euch wendet.
Vorher war es nicht so, das Böse hatte sozusagen die Oberhand und musste sich nicht vor einer göttlichen Gerechtigkeit verstecken, jetzt schon. Es kann nicht schalten und walten und euch ungeniert provozieren, die Balance ist durch sein Opfer wiederhergestellt."

László: „Lieber HIMMLISCHER VATER, für mein Verständnis ist hier ein Bruch in der Logik. Ist es denn nicht so, dass der Mensch vor der Geburt Jesu und Deiner anderen Boten auch die Chance hatte sich zum Guten zu wenden. aber lediglich durch das Fehlen von guten Beispielen, eben dieser Boten, einen eigenen schwereren Weg suchen musste. Und ist es nicht so, dass das Ungleichgewicht des Guten und Bösen vor Jesu genau so war, wie jetzt? Oder gab es einen Fluch auf Urantia den Jesu brechen musste, aber von dem wir Menschen nichts wissen, denn die Geschichte von Adam und Eva kann ja nur bildlich sein?“

„Lieber László, ich bitte dich zu bedenken, dass all deine Fragen die Wichtigkeit des Themas nur unterstreichen. Wir haben es gewollt, dass ihr in die Lage versetzt werdet mit uns zu kommunizieren. Wir haben es verwirklicht, dass der Mensch seinen Gott von heut auf morgen in einem anderen, einem barmherzigen Licht sehen kann. Wir haben euch die Augen geöffnet, dass euer Heiland für euch die Bresche geschlagen hat in einer Welt, die gezeichnet war durch Ungerechtigkeit und Verderben; - wo der Mensch als Individuum nur dann etwas zählte, wenn er den anderen in Macht und Würde übertraf. Ja László, wir haben euch zu diesem Erlebnis angeregt, mich den Erhabenen und Allmächtigen in seiner Güte und Liebe zu erkennen und somit Einlass in sein Reich bekommen zu können. Der Heiland war nur einer, der sich für euch eingesetzt hat. Hätte er dies aber nicht in dieser Funktion getan wie er sie innehatte, wäret ihr nicht in der Lage gewesen, mich als den Gott zu erkennen. Dies, László, ist das wahre Wunder das geschehen ist. Dass das Böse Feste feierte und euch leicht um den Finger wickeln konnte ist nur eine schlimme Randerscheinung, die als solche Bestand gehabt hätte, wenn nicht er, mein Jesus zu euch gekommen wäre. Ja, László, du hast ganz Recht, Adam und Eva sind bildliche Figuren die aber in der Erbsünde einen Sinn machen, denn denk nicht László, dass euer „Hier sein“ ohne die Begleitung von mir stattfand. Ihr wart von Anbeginn mit Mir verbunden, habt aber diese Bande absichtlich und willentlich aufs Spiel gesetzt und dadurch einen Abstand entstehen lassen, den sich das Böse zunutze machte. Es hat dadurch euren Hausstand der Rechtschaffenheit durcheinander gebracht. Das Schlechte konnte auf der seelischen Ebene Feste feiern, weil ihr den Halt in mir verloren habt. László, was willst du von Mir hören. Willst du wissen, wie es um euch steht? Um euch steht es zurzeit sehr schlecht. Die Gewalt ist in euren Herzen und auch in deinem, aber es ist ein großer Un-

terschied zu den Zeiten vor Jesu. Jetzt seid ihr gerüstet, ihr habt das Gute kennen gelernt und habt ihm nicht 100% abgeschworen. Daraus entsteht für euch ein Weg der gangbar wäre, würdet ihr ihn suchen und gehen. László, denk nicht, dass dein Gott sich mit diesen Zeilen ein erneutes Denkmal setzen will. Er will seine Kinder nur zur Vernunft ermahnen, denn die Entscheidung, was seine Kinder tun, ist ihnen, seinen mündigen Seelen, überlassen, die er in seiner unbegreiflichen Liebe als freie Willenswesen geschaffen hat."

László: „Lieber HIMMLISCHER VATER ich schäme mich, dass ich so gefragt habe.

„László hättet du dies nicht getan, wäre eine ähnliche Frage von außen gekommen und deine Schrift wäre nicht darauf vorbereitet gewesen. Es ist wichtig und gut, dass du einen Freigeist hast der alles hinterfragt und der in seinem Wesen nicht zuzuordnen ist. Dies hat den Vorteil, dass dein Glaube oder besser Dein Wissen über mich nicht falsch ist, sondern echt und mit einer sehr tiefen Überzeugung durchdrungen ist die seinesgleichen sucht. Doch versuch meine Antwort genau zu durchdringen und du wirst sehen, dass die Antwort mehr ist, als nur ein Wortspiel auf die Gedanken die du vorgebracht hast."

László: „Lieber HIMMLISCHER VATER mir ist nicht ganz klar, warum Jesus dieses Opfer bringen musste, warum wäre das Böse ohne dieses Opfer so stark? Ist denn die Ausgangslage nicht auf jedem Planeten die gleiche? Denn lieber HIMMLISCHER VATER, wir plappern allgemein nach, dass Jesus uns vom Übel erlöst hat aber wir überlegen gar nicht was das denn WIRKLICH bedeutet?"

„László, mein Sohn, du hast eine so wertvolle Arbeit angefangen; - lass sie durch diese Antworten in die wichtigen und für uns unbezahlbaren Angaben lenken. Folgendes: Iich muss dir sagen, dass kein einziger Planet ohne mein Zutun die Entwicklung in meine Richtung absolvieren kann, denn das was draußen herrscht, ist nicht immer was du dir vorstellst. Es ist eben so, dass auf Urantia und den benachbarten Planeten das Böse in den letzten Jahrhunderten und zigtausend Jahren das

Nachsehen hatte und du wirst sehen, László, dass diese Änderung nur dadurch möglich war, weil ihr von Jesus befreit wurdet. Aber die Frage ist noch nicht beantwortet, ich weiß; - warum muss überhaupt eine Befreiung stattfinden? Die Antwort ist einfach: Euer Planet ist durch die Rebellion Satans in den Einfluss des Bösen gekommen. Ihr seid leider einer der Planeten, wo er seinen Machteinfluss verbreiten konnte. Die Meinen waren in der Minderheit und erst die Arbeit von Jesus hat dies geändert. Ja, die Liebe, László, hat alles durchdrungen. Dass Jesus trotz der Schmach die er erlebt hat, die Liebe walten ließ, hat das Böse zerbrochen, hat den Bann gebrochen das seine Macht ausgemacht hatte. Als Resultat kann man sagen, dass das Böse in seinem Haus plötzlich einen Widersacher gefunden hat, der ihn mit den himmlischen Waffen schlagen konnte. Jesus hat sich wirklich geopfert. Er hat als himmlischer Fürst diese Bresche für Euch geschlagen."

László: „Aber lieber HIMMLISCHER VATER ich möchte dies 100% verstehen damit ich dies 100% verteidigen kann. Was für ein Bann ist durch ein Opfer gebrochen worden? Hätte nicht ein einziger Funke eines Gedanken DEINERSEITS genügt, damit der Bann von unserer Erde genommen wird?"

„László, mein Sohn, dass musst du so sehen. Der Bann ist wie ein Gift das das Wasser verseucht, solange man nicht ein Gegenmittel ins Wasser tut, hat es keine Möglichkeit sich zu klären. Und genau das geschah mit der Arbeit von Jesus. Er hat die Bresche geschlagen, dass das Gute wieder Einfluss gewinnen kann; - er hat wie du es gerade denkst die Kugel ins Rollen gebracht. Natürlich hätte ich einschreiten können, aber vergiss nicht, auch Jesus hat diese Arbeit freiwillig gemacht. Er wäre weiterhin in seinem Reich unantastbar und unbehelligt gewesen und geblieben. Aber nein, er hat diesen Weg freiwillig gewählt, weil er Mitleid mit euch hatte und weil er wusste, dass ohne eine freiwillige Tat sich die Situation nicht geändert hätte, verstehst du?"

László: „Ja, lieber HIMMLISCHER VATER, ich wüsste gerne, ob du mir einen Vergleich aus unserem Alltagsleben geben könntest, wie der Sachverhalt der Erlösung durch Jesus zu verstehen ist."

„Ja, László, da sind wir wieder und das ist gut, denn diese Frage ist tatsächlich wichtig für das Verständnis für die Gesamtzusammenhänge wie ihr sie erlebt. Das beste Beispiel kann sein:
Ihr schaut einen Autobus an der mit Menschen voll ist. Diese Reisenden haben keine Ahnung, was für eine Strecke sie durchlaufen müssen. Sie vertrauen dem Fahrer und der Fahrer hat zwei Optionen entweder er nimmt die kürzere aber dafür gefährlichere Strecke oder er kann sich die gemütlichere aber langwierige aussuchen und wie ist hier der Vergleich? László, ihr hofft, dass alles gut geht, aber die Entscheidung habt ihr nicht in der Hand, obwohl es wirklich zwei Optionen gibt. Nun, seit Jesus da ist, wisst ihr, wo ihr unterwegs seid. Ihr habt nicht mehr das Ganze in einer verschleierten Form vor euch wo der Fahrer theoretisch diese oder jene Strecke gehen kann. Ihr habt seit Jesus sozusagen ein Mitspracherecht, aber nun kommt das traurige, ihr nehmt diese Chance nicht war und lasst euch vom Buschauffeur fahren wie es ihm beliebt. Das bedeutet, dass ihr nicht Herr über eure Aktionen seid, obwohl er (Jesus) euch die Möglichkeit dazu gegeben hat."
„Nun, László, das ist eine ganz neue Einsicht für dich, aber du hast noch eine Menge an Fragen, nur heraus damit."

László: „Ich versteh noch immer nicht, wie das praktisch spirituell abgelaufen ist. Was hat Jesus bewirkt, dass es eben jetzt anders ist? Hat er durch seine Tat auf Erden eine höhere spirituelle Ebene für die Erde erreicht als Gesamtes oder was geschah da?"

„László, die Intuition funktioniert ganz gut. Tatsächlich hat er euch auf eine höhere Ebene gebracht, aber er hat auch erreicht, dass die negativen Kräfte in der Herausforderung nicht stand halten konnten und er sie in einer Konfrontation durch sein Wachsen in die Schranken gewiesen hat, ohne sich mit ihnen tatsächlich messen zu müssen. Denn László, das musst du noch lernen, unsere Auseinandersetzungen sind anderer Art, sie verkörpern ein Wachsen im Bezug auf jene Kräfte die uns eventuell hindern würden. Richtig, László, das ist nicht auf MICH bezogen, nur damit du es im Zusammenhang verstehst."

16. Die Freude

„Gehen wir aber auch auf die Frage der Wiederentdeckung der Freude ein. Dies wird in diesen dunklen Zeiten von Nöten sein, denn es wird wenig Gelegenheiten und Anlässe geben, wo ihr wieder zu euch finden könnt und wieder in Unbekümmertheit, Freude und Lust am Leben verspüren werdet. Denn die eigentliche Katastrophe wird schlimm genug sein, aber was danach kommen wird, wird für viele komplett unerträglich erscheinen, weil endlos und hoffnungslos. Und trotzdem könnt ihr Eure Existenz nicht in einem dunklen Labyrinth der Hoffnungslosigkeit verbringen. Es müssen Inseln der Freude existieren; - es muss für euch eine Perspektive geben für die es sich lohnt Freude zu verspüren.“

„Die Freude kann wie folgt gegliedert werden: es gibt nicht nur die spontane Freude, wie beim Wiedersehen von jemanden, es gibt auch die konstante Freude, die aus einem gewissen Zustand herrührt. Diese Freude solltet ihr nicht vergessen und in der Lage sein immer wieder zu erleben. Wir möchten euch bitten, dass ihr dieses Thema ernst nehmt, denn ihr wisst gar nicht, was für ein enormer Schaden bei einer Nation entstehen kann, wenn sie in einem Koma der Freudlosigkeit steckt. Hier kann man sicher eine ganze Reihe an Völkern nennen die solche Phasen der tiefen Depression über Jahre ja vielleicht Generationen erlebt haben.

László, denk immer daran, wir sind nicht die euch Kummer bereiten. Wir sind die, die Euch die Lösung für die ewige Freude bereiten können, aber was wir auf keinen Fall tun können ist in euer Schicksal einzugreifen und das Rad drehen weil es euch so schlecht geht. Das wollen und können wir nicht, es würde euch nämlich keine echte Freude bereiten. Gehen wir nicht auf die Frage ein: warum nicht, sondern arbeiten wir die Tatsache auf, wie kann ich jemandem ein Grundgefühl der Freude wiedergeben, ohne ihm es mit dem Materiellen irgendwie kompensieren zu müssen. Die Antwort ist Liebe, ja fragst du dich, ob es denn für alles die Liebe sei und wie kann es denn für solches auch herhalten. László, es sind nicht komplizierte, sondern relative Zusammenhänge die wirken, die aber eine Spur in der Seele hinterlassen, die Ih-

resgleichen sucht. Wir sehen hier eine klare Möglichkeit, dass ihr euch in eine Richtung entwickelt die nicht nur momentan für euch etwas an Erleichterung und Freude bringt sondern sie hat das Potential dem Menschen grundsätzlich bei seiner Freizeitgestaltung als zukünftiges Modell zu dienen. Es ist die Anwendung der Liebe. Seht, die Liebe kann im materiellen und immateriellen Bereich Aktionen provozieren, ein Beispiel sei das Geben an jemandem. Das andere kann die Hinwendung und die Hinwendung durch mich bedeuten. Habt ihr dies einmal verstanden ist es euch gegeben die ***Probe aufs Exempel*** *zu stellen, denn ihr glaubt ja solches nur dann, wenn ihr ein Teil des Geschehens seid. Aber, László, schau dir doch die Situation an die sich bei der Umsetzung produziert. Konkret: Wenn ihr großzügig gebt dann bereitet dies eine immerwährende Freude, denn sie wurde durch Liebe erzeugt. Genauso, wenn ihr für jemanden betet, dann ist der Effekt genauso und erzielt ein stetiges Gefühl des Wohlseins. Es wird nicht mehr das schnelllebige kurze sein oder die sinnliche Freude. All dies ist nicht mit dem Negativen behaftet, hat aber keinen Bestand in der Zeit, es ist eben nur kurzlebig. Ich kann mir vorstellen, dass die, die es im Moment lesen, unverständlich mit dem Kopf wackeln werden, aber dann hinterher nach gemachter Praxis einvernehmlich zugeben werden, dass es wohl einen Weg gibt, der euch Freude bereitet.“*

„Wir waren bei der Freude und wie man sie wirklich erreichen kann. Dieses Thema hat doch noch einiges Brisantes zu bieten, auch wenn es nicht den Anschein macht. Denn stell dir vor László, du musst jemandem helfen und findest nicht die Möglichkeit dies zu tun und plötzlich kommt dir die rettende Idee. Was verspürst du? Eine immense Freude, dass du jemandem Helfen kannst. Es ist kein Hintergedanke dabei, es ist einfach die Freude des Helfens. Du fragst, ob der Gedanke der reflektierenden Liebe nicht doch auch mitspielt? Ja, László, sicher, aber dies sind vielleicht die Motive, doch im Moment des Erfolges verspürst du nicht Freude, dass der Hintergedanke umgesetzt werden kann, sondern nur Freude über die mögliche Hilfe und, dass es dir gelungen ist ein Problem zu lösen. László, versuch die Emotionen dieser Momente nicht tot zu reden und zu „intellektualisieren“, das führt zu nichts und schon gar nicht zu Freude. Also wenn wir in der Lage sind, solche

Emotionen spontan zu entfalten, warum ist es dann nicht möglich diese gerichtet und anhand guter Vorbilder tatsächlich zu leben und zu erleben. Es muss nicht immer alles begründbar sein, László, es muss nicht immer alles erklärbar sein. Und trotzdem wird jemand diese Zusammenhänge mit allergrößter Klarheit sehen und verstehen, weil er es emotional nachvollziehen kann."

„Eins haben wir im Moment noch ausgelassen, das ist die Anwendung der Freude. Hört sich komisch an? Ist es nicht, du wirst es gleich sehen Denn was kann jemand erreichen der freudlos ist und mit den anderen nicht kommunizieren kann, - gar nichts! Und was kann umgekehrt jemand bewirken der Freude ausstrahlt und den Leuten das Gefühl vermittelt mit Ihnen an einem Strang zu ziehen, natürlich sehr viel. Und Freude kann auch ansteckend sein, leider genauso der Kummer. Also hätten wir bereits ein weiteres Argument für die Anwendung der Freude. Was noch? Eine ganze Menge! Stell dir vor du bist von Menschen umgeben die in einer unheimlich elenden und aussichtlosen Lage sind und du kommst an und willst ihnen aus falsch verstandenem Mitleid den Kummer mit deinem eigenen säuerlichen Gemüt nehmen. László, das wird nicht klappen. Es wird nur noch eine tiefere Depression das Resultat sein. Aber stell dir vor du strahlst Freude; - aus es kann auch eine stille und nicht lärmende Freude sein. Die Menschen werden merken, dass das innere Glühen eine Macht des Guten ist und werden sich fragen, wie sie einen Teil davon für sich einfangen können. Was wird das Ergebnis sein, wenn man diese Zuversicht mit Freude erreicht. Das eigene Schicksal wird trotz der Dramatik plötzlich ertragbar. László, so kann man unzählige Beispiel aufführen für die es eigentlich keine Muster gibt, - die aus sich entstehen."

„Wir haben aber noch ein anderes Thema zu behandeln, dies ist die Vermittlung der Freude. Vorhin wurde die lärmende und stille Freude erwähnt; - was ist damit gemeint? Was habe ich zu bieten? Wie kann ich die Freude vermitteln vorausgesetzt, dass ich ihrer habhaft geworden bin? Die Vermittlung László ist eine besondere Gabe. Dies kann man nicht lernen; - es muss mit einem wachsen. Es muss ein integraler Teil unserer selbst sein, aber dann geht es und hier sind wir schon beim

Problem. Wie kann ich Freude dem anderen nahe bringen, damit er von ihr so gefangen wird, dass er sich ebenfalls für diese innere Freude zu interessieren beginnt. Ein Weg ist der von Jesu. Er hilft mit seinem Beispiel, dass wir ein klares Verständnis für die inneren Zusammenhänge haben und, dass wir in der Lage sind, dem anderen dies auch ohne Worte, nur durch Körpersprache und entsprechender moralischen Haltung, zu vermitteln. Du befürchtest, dass dies alles zu abstrakt für die Leute ist. Dazu kann ich dir nur folgendes sagen: Wir sind bei einem abstraktem Thema; - es sind metaphysische Kapitel. Aber kann es denn auch anders sein, wenn man zwei Dimensionen verbindet die auf ganz anderen Grundlagen arbeiten?"

„László, hast du denn keine Fragen mehr zum Thema Freude?"

László: „Lieber HIMMLISCHER VATER ich habe den Eindruck, dass ich Freude mit Glück verwechsle. Ist es wichtig, diese zwei Gefühle auseinander zu dividieren oder ist es nicht notwendig?"

„Als erstes muss ich dir sagen, dass die Begriffe Glück und Freude sehr unterschiedlicher Natur sind. Der eine Begriff zielt auf das spontane nicht definierbare Gefühl, das man plötzlich bei einem Ereignis empfindet. Es ist also sozusagen eine spontane und nicht anhaltende Gefühlserfahrung, nicht so die Freude. Freude definiert das Gefühl, das einen echten Grund haben kann und ist meist ein sogenanntes permanentes Erlebnisprodukt von Gefühlszuständen. Versuch dich auf diese Begriffe zu konzentrieren und schon erscheint dir das Logische, das Einleuchtende."

László: „Lieber HIMMLISCHER VATER seit Tagen geht mir das Thema Freude nicht aus dem Kopf. Ich überlege ob Deutschland nicht unter dem Joch der Freudlosigkeit leidet. Kann man sagen, welche Länder Europas dazu gehören? Weiterhin bitte ich Dich mir zu sagen, ob die Freudlosigkeit auch zum Entstehen der großen Katastrophe beigetragen hat?"

„Lieber László, wir wissen ganz genau, dass diese Ausführungen nicht unbedingt mit der Freude zu tun haben, aber sie sind wichtig für das Verständnis der ganzen Umstände, die eine so große globale Krise erst möglich macht. Deswegen werden wir dir natürlich die wichtige Information geben. Ja, László, die Krise wurde teilweise durch eine nicht vorhandene Fähigkeit gestützt, Freude kompromisslos und uneingeschränkt erfahren zu wollen. Außerdem wart ihr nie diejenigen, die in der Lage gewesen wären, Freude ohne Vorbehalte und einfach zu erfahren. Deswegen seid ihr aber noch nicht ein Volk von Humorlosen aber ihr seid gefährlich, wenn es um ein nicht verstandenes Gefühl geht. Wenn ihr denkt, dass der andere vollkommen im Unrecht ist, dann seid ihr sozusagen nicht zu bremsen. Sieh doch einmal die letzten Jahre. Ihr wahrt nicht in der Lage ein Gefühl füreinander zu entwickeln das über die politisierten Themen hinausgegangen wäre. Ihr habt gedacht, dass es genügt den anderen als Mitbewohner zu betrachten ihn aber nicht in ein Umfeld gleich gesinnter Gefühle einzubinden. Daraus ist bei euch ein Land entstanden, das kaum jemals eine kollektive positive Freude erfahren hat - Ihr müsst das noch lernen. Dies hat nicht unmittelbar mit der Entstehung der Krise zu tun gehabt, hat aber bewirkt, dass nicht ein Volk dastand, das Positives ausgestrahlt hätte und den anderen mit seiner Einstellung geblendet und vereinnahmt hätte. Ihr habt euch in den allgemeinen Erklärungen und Diskussionen zu großen Themen verloren und dabei vergessen über das eigentlich Freude bereitende Erlebnis zwischen Menschen nachzudenken und es zu erleben. László, du glaubst gar nicht wie wichtig dieses Thema ist. Es muss in der Zukunft eine Rolle bei der Einrichtung vom Gemeinwesen eine Rolle spielen. Ihr könnt nicht eine Gesellschaft bauen, ohne ihr Gründe zur Freude mit auf den Weg zu geben. Deswegen, László, hoffe ich, dass ihr mit dieser neuen Überlegung in der Lage sein werdet, nach der Katastrophe etwas mehr von euch abzuverlangen, als nur das perfekte Funktionieren einer Gesellschaft. Ihr werdet auch auf das seelische Wohl eurer Mitbürger achten müssen und dies besteht auch aus der Freude. Du hast schon recht, man muss solche Aspekte mit sich tragen, sonst werden sie nur gute Worte bleiben und sonst nichts.“

László: „Lieber Himmlischer Vater, hat denn die letzte Fußballweltmeisterschaft nicht gezeigt, dass die Deutschen auch anders können? Ist es denn nicht so, dass Sie die Freude gekostet haben und sie nun ein Bestandteil des nationalen Charakters sein kann?“

„László auf deine Frage zurückzukommen möchte ich dir ein Gleichnis geben: Stell dir vor, zwei Krieger gehen in den Kampf. Der eine hat genug Proviant, der andere nur für einen Tag. Wie wird wohl das Ganze ausgehen. Natürlich hat der, der gut vorbereitet ist die größere Chance länger am Kampf teilnehmen zu können, während der andere nur einen einzigen Tag gerechnet hat zu kämpfen. Was ist aber mit den nächsten Tagen, wie übersteht er die, was kommt danach. Siehst Du László genauso ist es euch mit dieser Weltmeisterschaft ergangen. Ihr habt euch ins Zeug gelegt und alles was ihr macht, tut ihr richtig. Ihr habt all eure positive Energie auf einen einzigen Anlass konzentriert und wenn du euren Alltag jetzt anschaust, so ist wirklich nichts davon übrig geblieben. Eigentlich schade denn Ihr könnt das.“

17. Hellseherei

„László, nutzen wir die kostbare Zeit. Dass nächste Thema das hier unbedingt Erwähnung finden sollte, ist das Thema der Hellseherei.“

László: „Habe ich richtig verstanden Hellseherei?“

„Ja, László, du hast, denn dieses Thema wird gerade in diesen kommenden Zeiten wieder eine neue Blüte erleben. Ist ja verständlich, da die Menschen irgendwie einen Halt haben wollen. Aber unsere Aufgabe wird sein, diesen Menschen klar zu machen, dass die Hellseherei nur begrenzt angewandt sein kann, denn man muss die Abläufe, die, die Zukunft bestimmen klar vor Augen haben. Dazu muss man aber auch die Menschen kennen und wie sie unterschiedlich ihr Leben gestalten. Es gibt demnach drei unterschiedliche Menschentypen. Der erste Typ ist der, der seine Aufgaben korrekt macht und versucht auf Biegen und Brechen seiner Verantwortung gerecht zu werden und dies auch dann,

wenn ihm dadurch keine Vorteile gegenüber anderen entstehen. Dieser Menschentyp, László, hat sein Schicksal fest im Griff. Er arbeitet daran und ist ein bewusster Mensch dem man nicht ohne weiteres Schicksalsschläge in den Weg stellen kann und ihn von seinem Weg abbringt. Dieser Menschentyp wird sein Schicksal klar erleben und man wird davon ausgehen können, dass die Gradlinigkeit, bei allem was er tut, sich auf seine sämtlichen Aktionen ausstrahlt. Der zweite Typ ist ein Mensch, der immer auf das hört was ihn umgibt und er möchte auf alles achten was man ihm sagt. Dieser Mensch ist wie ein Blatt im Wind, jede noch so kleine Regung die ihn betrifft nimmt er in sich auf und lässt sich dadurch beeinflussen. Diese Menschen sind so empfindlich László, dass sie ein schweres Schicksal haben und sich das Leben mit allem sehr schwierig gestalten. Hinsichtlich der Hellseher sind sie ein recht einfaches Opfer. Sie sind dankbar und gestaltbar und scheitern oft bei Schicksalsprüfungen. Doch gehen wir jetzt auf den dritten Typ ein. Dieser ist ein Mensch, der keine Vorstellungen hat was er machen soll. Er hört weder auf die anderen, noch hat er eine klare Verantwortung für sich. Er ist eine Insel und kann sich auf vieles nicht hinbewegen. Er ist aber auch ein Monolith und macht sich durch seine stoische Haltung das Leben sehr schwer. Diese Menschen sind ebenfalls ein Problem für die Hellseher, denn sie sind unberechenbar und ihr Schicksal lässt sich nicht ohne weiteres einordnen. Lieber László, du hast richtig vermutet, zwischen diesen drei Grundmustern an Menschen gibt es eine große Bandbreite an Charakteren die von einem zum anderen Extrem gehen können. Und wenn man die Komplexität dieser Charaktere anschaut, László, dann wird es einem bewusst, dass die Implikation einer vorausschauenden Wahrsagung, was geschieht oder nicht, meistens irreführend ist. Denn wohlgemerkt, es wird ja von jedem individuell und je nach dem Charakter sein Schicksal geformt. Aber es gibt ja auch auf der Seite der Hellseher unterschiedliche Typen die wir auch kurz Revue passieren lassen sollten.“

„Es gibt unterschiedliche Hellseher. Es gibt die Kategorie, die mit einer besonderen Gabe ausgestattet ist und sich mit unserer Ebene in Verbindung setzt. Und es gibt diese, die glaubt, sich mit uns in Verbindung zu setzen und die aber ihre extreme Kombinatorik und Intelligenz

einsetzt,um dem Kunden die „Wahrheit" zu sagen. Und dann gibt es die so genannten Amateure, die glauben, dass sie mit dieser Art von Arbeit auch weiterkommen können und es nicht notwendig ist, überhaupt etwas zu verstehen. László, diesen Berufshellsehern ist aber eines gemeinsam sie machen es für Geld und möchten relativ viele Kunden haben. Es gibt aber auch in der ersten Gruppe solche, die unentgeltlich und aus reiner Liebe ihre Fähigkeiten den Menschen zur Verfügung stellen und solche hast du ja zum Glück auch kennen gelernt. Dies sind nur ein paar Gedanken zu diesem Thema, aber du solltest es nochmals angehen."

László: „Lieber HIMMLISCHER VATER, ist es notwendig, dass man etwas gegen diese Art von Wahrsager tut? Muss man die Menschen irgendwie darauf vorbereiten? Sollten wir ihnen etwas mitteilen wie sie sich auf dieses Phänomen einstellen sollten? Es werden ja schwierige Zeiten sein und da sollte man dieser Art des Gelderwerbes vielleicht Vorschub leisten?"

„László, es hat keinen Sinn den Menschen die Wahrsagerei zu verbieten, dies wäre unsinnig, denn umso stärker würde man es provozieren. Was man aber machen kann, ist auf die Funktionsweise der Hellseherei einzugehen und den Menschen zu verdeutlichen was dahinter steckt und was nicht. Dies wird es ermöglichen, dass der Einzelne mit der notwendigen Distanz sich diesem Metier nähert."

„Das Wichtigste bei der Voraussage der Zukunft ist die Tatsache, dass jede Tat eine Reaktion hat, einen kausalen Zusammenhang und Wirkungen. Diese Wirkungen und Reaktionen sind bei einfachen Geschehnissen einfach und folgerichtig vorauszusagen. Ihr könntet keine Projekte mehr machen, wenn es nicht so wäre. Dabei gibt es aber auch immer komplexer werdende Strukturen, die wenn sie aufgelöst werden könnten, in der Gegenwart gänzlich andere Ergebnisse erzielen würden als ihr es euch vorstellen könnt. Kurzum, komplexe Bedingungen und komplexe Aktionen bedingen eine Vielfalt von Ereignissen, die man nicht ohne weiteres voraussagen kann. Euer Gott ist aber eben in der Lage, die ungemeine Vielfalt der komplexesten Ereignisse zu durchschauen und deswegen die Komplexität der Ergebnisse je nach Fragestellung zu be-

antworten. Warum gibt es Hellseher die das auch können? László, diese Leute haben die Gabe, die Projektionen die wir ihnen zu Verfügung stellen, einzusehen."

László: „Sind dann die Bilder oder die Ereignisse die sie vorhersagen nicht von ihnen selber?"

„Nein László, dies sind von uns produzierte Phänomene die wir den einzelnen verfügbar machen."

László: „Aber was sind denn das für Leute denen ich begegnet bin, die meine Aura, meinen Engel erkannt haben? Wie sollte man diese sehen."

„László, du hast die Frage schon selber beantwortet. Dies sind Seher, die, die Gabe haben, über das natürliche hinaus, das Übernatürliche zu sehen. Sie sehen aber nicht mit ihrem physischen Auge, nein sie haben gelernt mit ihrem geistigen Auge zu sehen, sozusagen im Alphazustand zu sehen."

„László, die Menschen wird es natürlich interessieren, wem man vertrauen kann und wem nicht. Eine Faustregel gibt es nicht. Was es gibt ist der Eindruck, den der Hellseher auf uns macht. Ist er seriös? Nimmt er sich Zeit? Was ist sein Medium? Ist es eine Kugel aus Kristall, oder sein Geist den er öffnen kann, wenn man bei ihm ist? Die schiere Tatsache, dass man sich solche Fragen stellt wird einem bewahren dass man alles für bare Münze nimmt."

„Nein László, die Hellseher sind nicht schlechte Menschen; sie befassen sich aber mit einer Materie die nicht in diesem Ambiente angesiedelt ist und ein anderes Umfeld verdient, auch deswegen nochmals unsere Warnung von zu gutgläubigem Umgang mit diesem Metier."

László: „Vielen Dank HIMMLISCHER VATER für diese Hinweise."

18. Zusammensein mit anderen Menschen

„László, das nächste Thema, das wir hier aufführen möchten, ist die Frage des Zusammenseins mit anderen Menschen. Es ist wichtig und wird eine besondere Rolle in diesen Zeiten spielen. Ja, du hast schon richtig gedacht, es dreht sich um Solidarität und Toleranz zwischen euch. Es muss aber auch noch mehr sein, es muss das Zusammenwachsen der Menschen passieren. Es muss ein inneres Wachsen als Gemeinschaft geben. Es muss, László, und hier werde ich sehr direkt, eine bessere Gesellschaft aus dieser Katastrophe herauswachsen. Die Egoismen, wie sie sich in der letzten Zeit manifestierten, dürfen nie mehr vorkommen. Es soll auch nie mehr so menschenverachtende Aktionen geben wie dieser Krieg hervorbringen wird. László, auf beiden Seiten wird es diese furchtbaren Sachen geben; es wird kaum zu unterscheiden sein, wer wirklich böse und wer wirklich gut ist. Also, László, dieses Thema müssen wir hier angehen.“

„László, es sollten ein paar Eckpfeiler für das Thema gesetzt werden. Als erstes fangen wir an, die Bedingungen für eine Restrukturierung der Gesellschaft zu zeichnen. Die Ausganglage wurde hier schon des Öfteren beschrieben, weswegen wir dies nicht mehr im Einzelnen wiederholen sollten. Was aber für die Einstimmung notwendig ist, ist, dass die Menschen in diesen Zeiten gerade durch die furchtbaren Ereignisse eine sonderbar flexible und ruhelose Zeit haben werden, die ihnen ermöglicht Neues in einem nie gekannten Masse aufzunehmen. Was heißt das konkret? Sie werden in der Lage sein auf Veränderungen schnell und flexibel zu reagieren und sich auch innerlich auf diese Veränderungen einzustellen, mit dem Resultat, dass sie dann eine neue Grundlage für die Gesellschaft bilden können.
Weiterhin wird man die Fähigkeit aufbringen, sich und andere in einem neuen Licht zu sehen, ohne Vorurteile, ohne die geringsten Hemmnisse rassistischer Art, einfach und offen für alles.
Es wird außer diesen zwei wichtigen Voraussetzungen auch noch den Umstand geben, dass der Staat total unfunktional sein wird. Er wird nicht in der Lage sein, die grundlegenden Dienste zu bieten. Eigentlich

wird den Menschen gar nichts anderes bleiben als sich selbst zu helfen und sich auf diese neuen Situationen einzustellen.
Als letzter Punkt sei noch die Zusammenarbeit mit anderen Nationen erwähnt, die in diesen Zeiten, trotz der vorher erlebten Gräuel, eher einfach sein wird als schwierig.“

„Auf diesen Bedingungen aufbauend müssen wir versuchen den Menschen das Zusammensein und das Miteinander zu lehren. Es ist nicht einfach, Grundstrukturen des sozialen Verhaltens beizubringen und dies trotz der relativ geistig offenen Situation. Es wird viel Überzeugungskraft, aber auch eigenen Willen brauchen, damit die Menschen diese neue Philosophie annehmen und verinnerlichen. Aber was beinhaltet sie wirklich? Einfach László, sie beinhaltet, dass wir den anderen mit einer Unvoreingenommenheit aufnehmen und ihn so sehen wie er ist, nämlich, ein von mir entsprungener Funke, der in der Lage ist, nach dem irdischen Abenteuer zu mir zurückzukehren und für ewig bei mir zu bleiben. Sind wir uns dessen bewusst, kann die andere, die Sozialisierung betreffende Aufgabe, viel leichter aufgenommen und durchgeführt werden. Denn dies, László, ist der springende Punkt, ohne diese Achtung und ja Bewunderung kann man nicht mit dem anderen gerade in schwierigen Situationen umgehen, zumal er dann womöglich in einem entwürdigenden gesundheitlichen oder geistigen Zustand sein wird.“

Ich war besorgt, ob diese Ausführungen jemanden interessieren würden und wenn ja, ob sie dann auch verstanden würden. Ich war verunsichert, denn ich war mir der Wichtigkeit der Inhalte und deren Tragweite bewusst.

„László, dies sind nun mal geistige Themen. Du kannst nicht erwarten, dass die Formel eines Schmerzmittel für dieses Problem zur Verfügung gestellt wird und ihr dann einfach weitermacht. Denn die Implikationen die eine solche Betrachtung des Gegenübers bringt, sind vielfältig. Erstens weiß man, dass es sich um eine Seele handelt und nicht um eine Pflanze. Zweitens weiß man, dass die Seelen untereinander Verbindungen und Pflichten haben, die nicht einfach ausgelöscht werden können. Weiterhin weiß man, dass unter diesen Umständen die Seele sich nicht

einfach auflöst, sondern weiterlebt und dies eben nur eine momentane Erfahrung war. Und dies bedingt auch, dass die Entwicklung weiterläuft oder auch nicht. Wir sind besorgt, dass in der heutigen Zeit, der Menschen unausgeglichen mit sich und seinem Körper umgeht, und wie in diesen Krisenzeiten es möglich sein wird wieder die richtige Balance zu finden, damit er nicht auf die Äußerlichkeiten fixiert vergisst, dass es sich um Seelen handelt und nicht um irgendwelche gut oder schlecht konstruierte, organische Einheiten.“

***

„László, ich und meine Helfer haben an diesen Themen gearbeitet. Wir sind uns einig, dass die Wesen, die miteinander in Harmonie leben wollen, eine bestimmte Kapazität der Abstraktion haben müssen damit sie höhere Ziele als die unmittelbar von ihnen als wichtig, angesehenen als erstrebenswert betrachten. Dies ist fundamental! Wenn dies gegeben ist, dann kann man sozusagen auf diesem Fundament aufbauen und Konsequenzen für das Handeln haben. Als erstes muss klar sein, dass der Mensch nicht als Insel überleben kann. Physisch ja, aber als produktives und evolutionierendes Wesen nicht. László dazu muss es ein gemeinschaftliches Auftreten der Spezies Homo sapiens geben. Dann muss man sich über die Tatsache im Klaren sein, dass es für euch notwendig ist, dass ihr ein Gemeinwesen konstruiert das funktioniert, denn nur dann, können sich Situationen ergeben, wo der einzelne im Rahmen der Gemeinde Freiräume existentieller und anderer Arte hat die ihm die Kreativität sichern. Und da habt ihr in diesen schwierigen Zeiten Nachholbedarf, weil eure Strukturen auseinander fallen werden und ihr die Scherben neu auflesen müsst. Aber um dies zu schaffen, bedarf es der Selbstlosigkeit und des Mutes dem anderen gegenüber, tolerant und großzügig zu sein. Eigenschaften, die glaub mir László, nicht verbreitet sind. Außerdem bedarf es des Mutes auf den anderen zuzugehen und ihn zu bitten, ein Teil des Ganzen zu werden. Eigentlich alles einfache Schritte, aber im Kontext der Katastrophe komplizierte Anforderungen.“

„László, du solltest nie vergessen, dass der Weg zu Mir, besonders für jene, die einen schwierigen Lebensweg gehabt haben, ein leichtes sein wird. Er wird wie die Erlösung wirken und vielen Menschen als eine wunderbare Alternative zu freudlosen Zeiten erscheinen.“

László: „Lieber Himmlischer Vater ich danke dir für DEINE Worte und DEINE Fürsorge.“

***

László: „Lieber HIMMLISCHER VATER kann ich zum Thema des Zusammenseins eine Zusammenfassung bekommen was die wichtigsten Elemente sein werden?“

„László, dieses ist ein von euch besonders oft angegangenes, aber auch ebenso oft falsch verstandenes Thema, dem ihr meistens nicht viel abgewinnen könnt. Deswegen möchte ich hier auf deinen Wunsch, den Gesamtzusammenhang mit der Veränderung der Menschen zum einen und den Bezug auf die Katastrophe zum anderen, darstellen. Es hat nach unserer Auffassung keinen Sinn den Menschen vorzuschreiben was sie tun und lassen sollten. Man kann ihnen aber einige hilfreiche Ideen geben, an denen sie sich entlang hangeln können. Dies sind nicht etwa Vorschriften oder ähnliches, es sind, László, sogenannte ehrliche Weisheiten die ihr nach Entwicklungsgrad einsetzen könnt.“

„Es muss einfach Klarheit herrschen, dass der Mensch sich bewusst wird, dass es nur auf klaren Vereinbarungen basierend möglich ist sich in Krisensituationen als Gesellschaft zu bewähren, diese sind:

- ***Erstens** das respektvolle Zusammensein von allen Gesellschaftsschichten.*
- ***Zweitens** das unvoreingenommene Annehmen von Ideen zur gesellschaftlichen Zusammenarbeit.*
- ***Drittens** ist es die Konzentration auf das Wesentliche bei der Umstrukturierung einer Gesellschaft.*
- ***Viertens** ist es die Einmaligkeit des menschlichen Lebens und dessen Unberührtheit auf der Entwicklung zu Mir.*

- ***Fünftens*** *ist es der respektvolle Umgang mit Kindern und dem ungeborenen Leben zur Sicherung der von euch geplanten Gesellschaften.*
- ***Sechstens*** *ist es die uneigennützige Arbeit von Mitgliedern einer Gesellschaft bei allen wichtigen Aktivitäten.*
- ***Siebtens*** *ist es euer Glaube an den Himmel und Gott der euch immer zur Seite stehen wird.*
- ***Achtens*** *ist es die aufmunternde Kraft des Gebetes in Notzeiten und*
- ***Neuntens*** *ist es das konzentrierte Üben der Kommunikation mit den himmlischen Ebenen.*
- ***Zehntens*** *ist es die von uns gesandten Vertreter zu sehen und zu erkennen, damit sie den Weg zu uns ebnen.*
- ***Elftens*** *ist es die richtige Einstellung bei den von uns verfügten Empfehlungen."*

„László, dies sind die wichtigsten Aspekte, die man im Zusammensein miteinander berücksichtigen sollte."

***

„László, wir möchten gerne wissen, was denn deine Meinung zur großen Katastrophe ist. Seit Wir in Kontakt stehen, haben Wir kein einziges Mal eine Meinung von dir gehört. Ich denke es ist an der Zeit, dass du sie Uns mitteilst."

László: „Lieber HIMMLISCHER VATER ich für meinen Teil denke, dass es eine maßlose Dummheit ist, die Wiege der europäischen Kultur auszuradieren und dies aus relativ simplen Überlegungen. Das fatale ist ja, dass die große Katastrophe nicht mal mehr einen philosophischen Hintergrund hat, sondern aus schierer Dummheit oder ich würde sagen Dumpfheit heraus geschieht."

„László, interessant was du denkst. Hast du denn nie daran gedacht, dass gerade das, was ihr täglich tut und macht, die Grundlage von allem ist was geschieht? Ist es nicht eher die Ausnahme, dass man je-

manden hat, der, einer versessenen Idee folgend, Unheil anrichtet. Nein, László, die Überlegungen sind diesmal wirklich aus einer schieren Ignoranz und Dummheit entstanden, die zu dieser Zerstörung führen werden. Wir sind sehr, sehr betrübt, dass es trotz dieser, unserer Hilfe, nicht möglich war das Unheil abzuwenden. Ihr schwelgt sozusagen in Gewaltexzessen; - ihr habt es nahezu „lieb" der Gewalt zu frönen."

19. Verweichlichung

„Wir sind der Meinung, dass bisher noch nichts zu den Themen Verweichlichung und außergewöhnliches Verhalten gesagt wurde. Mit Verweichlichung verstehen wir die einheitliche Handhabung von Staatsmacht und die damit verbundene Abhängigkeit der Menschen. Wir denken dass die Obhut des Staates die Menschen entmündigt und somit verweichlicht. Die Konsequenz dieses Prozesses ist, dass für unbestimmte Zeit eine Gesellschaft in Lethargie versinkt und nicht mehr die Kraft hat die Leistungen zu bringen, die ein gesundes Miteinander, ja auch Konkurrenz, ausmacht."
„László, du fragst, was das mit der Katastrophe zu tun hat? Es hat viel zu tun, denn im Laufe dieser Zerstörung wird der Einzelne sich so sehr dem allmächtigen Staat ausgesetzt fühlen, dass er nicht mehr willens ist Eigeninitiative zu ergreifen. Es wird soweit kommen, dass Einzelne sich einfach gehen lassen und von oben die Hilfe erwarten (Staat). László, denen kann man nur mit relativ schrillen Worten das Leben wieder einhauchen, denn, sofern sie sich nicht selber aus dieser Eintönigkeit befreien, werden sie immer und ich sage bis zu ihrem Lebensende so verharren. Was das für Konsequenzen spiritueller Art hat? László, es ist mit einer seelischen Stagnation gleichzusetzen. Man kann nicht auf bessere Zeiten „danach" hoffen, wenn man nicht bereit ist, im „hier" das seine zu tun. Nein die totale Apathie wird es nicht geben aber wir sollten doch alle ansprechen, die mit Problemen belastet sein werden, - also auch die „Verweichlichten"."

László: „Lieber HIMMLISCHER VATER wenn DU über diese Verweichlichung kommunizierst, an welche Staaten außer Deutschland denkst du in erster Linien.“

„László, versuch zu verstehen, dass diese Zeiten im Prinzip für ganz Europa zutreffen. In einem Land weniger, im anderen mehr, deswegen kann man diese Trends auch so generell beschreiben. Also abschließend sollten wir noch eine Rückblende zum Gesagten üben, die Zeiten werden nicht so sein, dass sich keiner aufraffen kann, aber eine kollektive Apathie muss vermieden werden wenn es darum geht die Gesellschaft in eine Richtung zu bewegen.“

20. Umwelt

„László, deine Befürchtungen werden nicht wahr werden. Zwar wird es ein allgemeines Artensterben geben und es wird schwierig werden, die richtigen Akzente bei der Bewirtschaftung zu setzen. Aber eins kann ich dir deutlich sagen: Deine Wälder werden eine noch größere ökologische Rolle spielen und dies obwohl sie bereits zu Beginn der Katastrophe große Flächen- und Qualitätseinbußen erleben werden, denn ohne sie wird es einfach unerträglich sein. Man wird ihnen nach der Katastrophe eine besondere Rolle zugestehen, denn die Menschen werden erkennen, dass diese (was so wenige von euch wissen) eine echte Alternative in der öden Landschaft des Untergangs sein werden. Die Rohstoffe werden hauptsächlich anderswo generiert werden, denn es wird nicht mehr möglich sein, in europäischen Gegenden, Wald als Wirtschaftfaktor zu betrachten. In den Tropen wird es nicht ganz so schlimm sein, aber die Ressource Wald an sich wird weitgehend in einem nicht erquicklichen Zustand sein. Noch einiges zu den semiariden Gebieten. Der Wald wird so erratisch bewässert werden, dass ganze Landstriche innert kürzester Zeit versanden und verwüsten werden.“

„Als erstes lohnt es sich, auf die Auswirkungen der Katastrophe hinsichtlich der Versorgung mit Luft und Wasser einzugehen; - schließlich sind es die Grundelemente eurer Existenz. László dies sind Aspekte,

die, wenn man sie jemandem heute erzählt und er nicht den Zusammenhang der Katastrophe vor Augen hat, sich nie vorstellen kann, dass dies tatsächlich möglich ist. Die Luft wird sich verändern, sie wird ionisiert sein. Lange Zeit nach der Katastrophe wird die Kommunikation nur unzulänglich funktionieren, bis ihr alternative Methoden der Kommunikation finden werdet. Doch bleiben wir bei der Luft. In manchen Teilen der Welt wird es eine Rauchverschmutzung geben, die jahrelang anhalten wird. Auch werden die Luftströmungen derart beeinflusst, dass das Klimageschehen einige Zeit braucht, bis es den typischen Mustern folgt, die ihr kennt. Also, alles in allem dramatische Veränderungen die ihr selber verursacht habt. All dies ist in einem so komplexen Umfeld wie die Klimatologie sehr schwer zu überblicken und ihr werdet lange Zeit brauchen, um damit auch systematisch klar zu kommen. Dies wird auch die Dümmsten von der Wichtigkeit klimarelevanter Vereinbarungen überzeugen. László, du scheinst nicht sonderlich beeindruckt zu sein, das wundert mich, denn es ist wirklich ein so starker Eingriff in den Naturhaushalt, dass die Folgen einfach katastrophal für die Landvegetation sein wird."

László: „Lieber HIMMLISCHER VATER ich bitte Dich mir zu sagen, wie viele Jahre nach der großen Katastrophe, die uns bekannten Klimamuster wieder vorherrschen werden?"

„Lieber Sohn, denk daran was geschehen wird. Ein ganzer Kontinent wird in Flammen aufgehen. Viele, leider viel zu viele Länder werden außerdem auch Kriege führen, wenn auch nicht so furchtbar und verbittert wie in Zentraleuropa. Dies alles hat natürlich einen klaren und unübersehbaren Effekt auf das Klima. Bis dieser Effekt sich verflüchtigt und wieder der komplexe Wirkungsmechanismus zwischen Kalt- und Warmluft zum greifen kommen kann und eine besondere Routine erhält, wird es sehr viele Jahre dauern. Was uns ins Auge sticht ist die Komplexität von Lokalklimata. Es wird lange dauern, bis ihr wieder das gewohnte Bild der Wettergeschehnisse werdet erleben können. Vor dreißig Jahren wird es nicht soweit sein. László, auch Chile wird in Mitleidenschaft gezogen werden wenn auch nicht so sehr wie andere Länder. Aber das Klima weltweit wird es nicht erlauben, dass die Wet-

terfronten sich in diesem Land mit der üblichen Regel aufbauen wie jetzt. Santiago wird ein Klima erfahren, dass es bisher nicht gesehen hat. Es wird zwischen sehr kalt und sehr feucht pendeln; - du wirst überrascht sein.“

„Santiagos Klima wird Kältewellen erleben und dann wieder extreme Dürren. Außerdem werden die Regenfälle extrem erratisch sein. Man wird in diesem Land überlegen in den Süden oder Norden zu ziehen um diesem Desaster zu entgehen. Aber du wirst den Bürgern mitteilen können, dass ihr Land, trotz der vielen Leiden am besten weggekommen ist.“

László: „Lieber HIMMLISCHER VATER ich würde gerne erfahren was die Auswirkungen auf die Ernte und Produktion der betroffenen Länder sein werden.“

„László, glaub mir, wir haben es nicht vorhersehen wollen. So schlimm wird es sein. Die ganze Welt wird einen neuen Maßstab der Bewertung von Rohstoffen haben müssen, dazu gehören auch Rohstoffe der Versorgung wie z.B. Weizen, Mais, und Reis. Man wird andere Preise dafür zahlen müssen, es werden sich ernsthafte Veränderungen im Handelsgebaren entwickeln, die nicht mehr das allgemeine Machtspiel verfolgen werden wie es im Moment üblich ist. Aber du willst noch mehr wissen. Es wird auch noch schlimme Folgen für die Gewässerqualität haben und hier sind wir schon bei unserem zweiten Thema nämlich dem Wasser.“

László: „Ich bin mir bewusst, dass das Thema Wasser sehr wichtig ist und einen direkten Bezug für unsere Kultur und unsere Entwicklung hat. Ich bitte Dich mir auch bei diesem Thema zu helfen.“

„Ja, László, das Thema Wasser ist ein wichtiger Faktor in eurem Leben und trotzdem geht ihr gerade in diesem Konflikt mit ihm sehr stiefmütterlich um. Wir sehen, dass ihr es richtiggehend zerstören werdet und zwar in einem Umfang, der erschreckend ist und noch für viele Jahrhunderte seine Auswirkungen haben wird. So wird als Folge der Kata-

strophe es nicht mehr möglich sein, dass Trinkwasser ohne vorherige komplizierte Aufbereitungsprozesse zu genießen. Dies vor allem in Gebieten, wo es Nuklearschläge gegeben hat. László, diese Auswirkungen werden derart sein, dass sie euch bis in den Alltag verfolgen werden. Verseuchtes Wasser wird ein Dauerbrenner sein und es bedarf eines komplett neuen Verständnisses der Aufbereitung, um es wieder in den Nutzungskreislauf zu bringen. Das Wasser hat also auch gelitten und leider nicht nur dort, wo Atombombern zum Einsatz kommen werden, sondern auch wo biologische und chemische Waffen angewandt werden. Nun, László, da bist du erstaunt oder zumindest ein bisschen. Wir sehen aber im Thema Wasser auch ein verbindendes Element. Denn es wird die Menschen in der Not verbinden. Da jeder davon betroffen sein wird, wird auch jeder jedem helfen können. Die Brüderlichkeit wird sich, wie du siehst, nicht nur durch die Einstellung gegenüber dem anderen, sondern auch durch die zur Verfügung stehenden Elemente Luft und Wasser ändern. Was kann man noch über das Wasser sagen? Natürlich, die Fauna muss auch erwähnt werden. Es ist nicht normal, dass ganze Seen und Flüsse plötzlich eine komplette sterile Flora und Fauna haben. Es ist auch nicht normal, dass ganze Landstriche eine ganz unerwartete Änderung erfahren werden. Dies wird dazu führen, dass bisher nicht da gewesene Lebewesen dieses Vakuum ausfüllen. Zum Beispiel wird es Falter geben, die unter den neuen Bedingungen ein ideales Leben führen können; ohne Feinde und in einer Natur mit für sie besonders positiven Bedingungen. Es wird neue Prozesse der Biozönose, geben die mit bekannten Abläufen nicht erklärbar sein werden. Ja, László die Implikationen werden wirklich sehr vielfältig sein. Was Ich noch erwähnen möchte ist die Tatsache, dass diese Veränderungen nicht etwa allmählich ablaufen werden, sie werden explosionsartig verlaufen, das hat dann mit einer üblichen Dynamik wenig zu tun.“

„László wenn es denn so ist fragst du dich wie kann so was funktionieren. Du wirst leider die Fragen in eurem Europa beantwortet bekommen. Wenn auch die Situation nicht ganz so extrem sein wird, kommt es in anderen Gebieten der großen Konflikte auch zu großen Veränderungen. Doch Europa wird leider Spitzenreiter sein. Aber auch hier wird

nicht alles zerstört werden, es wird noch genügend Rückzugsgebiete für Euch und die Tierwelt geben."

***

„László, die Wasserverfügbarkeit wird nur gering verändert sein. Was aber eine starke Zäsur erleben, wird ist die Wasserqualität. Man wird sich wirklich fragen, wie die Möglichkeiten für die unterschiedlichen Länder sein werden. Denn im Moment kümmert sich keiner um dieses Thema wie es sein sollte. Lass dich von den Initiativen nicht täuschen, sie sind nur überflüssig und können nichts Substanzielles bewegen. Die Menschen vergessen, dass eine so komplizierte Materie wie Wasser wirklich andere Dimensionen des Managements verlangt und davon seid ihr nun wirklich weit entfernt. Aber zurück zu Deiner Frage. Wir sollten versuchen, die Klimazonen als Referenz zu nehmen, das wird gerade beim Wasser sehr hilfreich sein. Als erstes sollten wir von den gemäßigten Breiten ausgehen, die ja schließlich auch am meisten leiden werden. Diese werden es notwendig erachten, einen weltweiten Pakt für das Thema anzugehen, damit sie sich für die Zukunft absichern. Es wird für sie nicht begreifbar sein, dass die ganze Welt von diesem Problem nicht befallen ist, und nur sie die Hauptleidtragenden sind. Das wird zur Folge haben, dass viele andere Länder nicht mehr die alten Bünde akzeptieren werden und ein neues Selbstbewusstsein der anderen Nationen auf den Plan tritt. Dieses ist besonders gefährlich in Anbetracht der Entwicklungen die dort, also nicht in den gemäßigten Breiten, stattfinden werden. Wie zum Beispiel die Verbreitung von Machtstrukturen, die nicht im Einklang mit eurem modernen Denken von Gesellschaften einhergehen. Aber ihr müsst euch eben anpassen. Die Machtstrukturen wie sie im Moment herrschen, werden nicht mehr existieren. Es wird eine Umkehr der Märkte geben, nicht, dass ihr tatsächlich als „Player" ganz verschwindet, aber eben eine neue Struktur wird existieren und in diesem neuen Umfeld wird die Frage des Wassers ganz entscheidend sein. Ja, László, gehen wir auf das Thema der anderen Regionen ein. Die ariden und semiariden Gegenden der mediterranen und tropischen Gebiete werden eine Blüte erleben. Nicht, dass sich die Wüsten in blühende Gärten verwandeln, aber es wird eine klimati-

sche Zwischenphase geben die eine regelmäßigere Versorgung mit Wasser zur Folge hat. Schwer zu glauben, aber erinnere dich, László wir haben von einer Zeit gesprochen, wo die einzelnen Elemente des klimatischen Wirkens noch so unscharf und unbestimmt sein werden, dass sich größere klimatische Verschiebungen ergeben können, und diese wird eine davon sein."

„Wir denken nicht, dass dies sich als Kulturereignis in eure Geschichtsbücher niederschlagen wird, denn diese Phase wird nicht länger als 10 Jahre dauern. Aber trotzdem László diese Veränderung zeigt bereits wie umfangreich ihr die Erde aus dem Lot gebracht habt. Die Wasserqualität wird in diesen Teilen der Welt eine nicht da gewesene Blüte von so genannten Schmarotzern hervorrufen. Es werden sehr viele Seuchen über das Wasser verbreitet werden, die es sonst in diesen trockenen Gebieten so nicht gab."

László: „Lieber Himmlischer Vater ich bitte um Klärung einer für mich als Widerspruch erscheinenden Kommunikation. Wurde denn nicht mitgeteilt, dass semiaride Gebiete zum Teil total veröden werden mangels regelmäßiger Wetterereignisse?"

„László, das Thema der semiariden Gebiete ist sehr komplex. Einerseits werden sie tatsächlich eine Verödung erleben, andererseits findet eine kurze Blütezeit statt. Diese wird auf die erste folgen, wonach dann wieder ein relativ klares Muster der Wettervorgänge folgt. Alles in allem, eine phasenweise Veränderung wie du siehst. Aber insgesamt wird es eine unzureichende Versorgung mit Wasser geben."

László: „Lieber HIMMLISCHER VATER, ist zu dieser Region (Südostasien) noch etwas zu sagen?"

„Ja, László, diese Region wird einen neuen Beginn haben und diese Rahmenbedingungen werden trotz dieser Schmarotzer eine Entwicklung zulassen, dass sie zumindest nicht mehr in die direkte Abhängigkeit von Lebensmittellieferungen bringen wird. Ich habe auch die Befürchtung László, dass ihr mit solchen Informationen nicht viel werdet anfangen können, denn die die es hören müssten oder sollten, haben auf Grund

ihrer spirituellen Entwicklung keinen Zugang zu Büchern wie diesen. Also nur eine Information für die ohnehin schon Interessierten."

László: „Lieber HIMMLISCHER VATER ich bitte DICH diesen Gedanken nicht weiterzuverfolgen, denn du hast mir die Hoffnung gelehrt und ich bin guten Mutes dass es einige doch indirekt erfahren können."

„Ja, László, du weißt, dass ich es weiß, dass es so ist, aber trotzdem möchte ich eure Leserschaft auf diese Hinweise aufmerksam machen damit nicht der Eindruck entsteht, dass mit einer hellsichtigen Aufklärung alle Probleme aus der Welt geschaffen seien."

László: „Lieber HIMMLISCHER VATER, zumindest werden diese Angaben den Grenzgängern als Beweis dienen, dass es Dich wirklich gibt und, dass Deine Güte auf uns strahlt und wir Demut und ein anderes Gefühl gegenüber Dir aufbringen müssen. Dann hat sich unsere Mühe gelohnt und ich werde sicher eine Ära sehen können, die mehr ist als Materialismus und das sich Einengen auf kleine und unwichtige Dinge."

László: „Wir haben nun erreicht, dass man genau Bescheid weiß, was in den Trockengebieten geschehen wird, und wie die Wasserverfügbarkeit und Qualität aussehen werden. Was ist mit den Tropen wie kann man diese am besten global charakterisieren?"

„László, in der Tat müssen wir jetzt auf die Tropen kommen, sie sind ja auch eine nicht zu verachtende Größe. Sie haben aber auch solche Eigenschaften, die eine Erneuerung gut zulassen. Also, László, überleg mal was ist dort zu erwarten? Eine Verschiebung der Zyklen vielleicht, aber auch dies ist im Grunde genommen nicht so gravierend für die Wasserqualität. Man muss sich eher auf die Verfügbarkeit des kostbaren Gutes Wasser konzentrieren, denn die Zyklen László, die werden dort ein wichtiges Instrument für die Regelmäßigkeit sein. Und wie du dir das bereits ausmalen kannst, hat das natürlich katastrophale Auswirkungen auf die Versorgung der Menschen mit Lebensmitteln. Der Reiche Norden wird nicht mehr in dem Masse aushelfen können wie

gewohnt und der noch funktionierende Süden (Argentinien) wird an den verkaufen der am meisten bietet. Also insgesamt auch eine düstere Situation."

„László, was du noch nicht gefragt hast, ist die Thematik der Stürme und der Unwetter. Eigentlich eigenartig, denn ihr seid im Moment mit verschiedenen Serien von Unwettern sozusagen überhäuft."

László: „Jetzt bitte ich DICH auf das von DIR erwähnte Thema der besonderen Wetterereignisse einzugehen."

„László, die Weltereignisse werden die Phänomene der Wetteranomalien verstärken. Sie werden es soweit bringen, dass ihr für eine Zeit keine Prognosen mehr zu wagen gedenkt. Du hast schon richtig verstanden: Auch wenn für dich dies unglaublich klingt, es ist so. Ihr werdet euch wundern, was das Wetter noch in der Lage ist zu tun, wenn es einer gewissen Logik entflohen ist. László, alleine dies ist schon katastrophal, was im Schatten der großen Ereignisse geschehen wird. Doch was kann man dagegen tun. Nicht viel mehr, als solche Standorte die schon immer für die Menschen exponiert und gefährlich waren, nun noch mehr als nicht bewohnbare Stellen zu kennzeichnen. László, wir sind uns einig, dass dies kein einfaches Thema ist, denn die Beteiligten werden auch hier wieder Gottes Hand im Spiel sehen. Aber ich kann dir schon jetzt sagen, dass dies völliger Unsinn und von den Menschen Erfundenes ist. Es wird eben Konsequenzen für ein Phänomen geben, das ihr heraufbeschworen habt. Also schon eine logische Konsequenz wenn es auf den ersten Augenblick auch nicht so aussehen mag."

***

László: „Lieber HIMMLISCHER VATER ich möchte noch gerne einige Hinweise zu den Möglichkeiten haben, die uns Menschen angesichts dieser monumentalen Herausforderungen noch übrig bleiben."

„Ja, László, in der Tat ist es nicht ganz einfach diesem Kommenden ins Gesicht zu schauen ohne, dass man die geringste Möglichkeit eines

Einwandes oder gar einer positiven Aktion hätte. Als erstes sollten wir die Gefahr behandeln, die von dem Unerklärbaren ausgeht. Dies sind Phänomene die ihr nicht kennt und deswegen dem Übernatürlichen zuordnen werdet. Dazu gehören auch die Erkrankungen von Menschen anhand sogenannter geistiger Krankheiten, die plötzlich sehr intensiv auftreten werden. Hierzu gehören auch Ausschläge, die unheilbar sein werden und die breite Bevölkerungsschichten befallen werden. All dies wird nicht erklärbar sein, weil noch nicht erkannte Ursachen die Auslöser sein werden."

„Was kann man gegen diese Flut von Schicksalsschlägen ausrichten? Außer beten wird natürlich erstmals alles als hilflos gelten. Aber mittlerweile weißt du, dass es gerade die Gebete sind, die in der Lage sind Kräfte zu mobilisieren und diese zielgerichtet zum Einsatz zu bringen. Ein Beispiel sei hier die Entwicklung von Arzneimitteln genannt, die Hilfe bieten und Linderung schaffen werden. László, nicht alles wird im Bereich des Unlösbaren bleiben. Ihr werdet auch viel Kreativität mobilisieren und dies nicht nur in den Naturwissenschaften, sondern auch in vielen anderen Bereichen."

László: „Lieber HIMMLSICHER VATER ich habe immer das Gefühl, dass die USA auch wieder eine ganz spezielle Rolle spielen werden, wie auch immer, aber eben ganz speziell. Kann ich erfahren was die USA in diesen Nachkriegsszenarien für eine Situation haben werden?"

„László, du siehst es nicht ganz richtig. Die USA werden wohl eine besondere Rolle spielen, aber ihr Verständnis der Zusammenarbeit wird sich auf die der Sicherheitsbünde beschränken. Sie werden sich an der weltweiten Solidarität erstmals nicht beteiligen. Aber auch bei ihnen wird ein Umbruch stattfinden, der dann zu einer nicht dagewesenen Änderung führen wird. Bedenke doch mal, die Regierung hat ein Programm auf das sich nur wenige in der Bevölkerung stützen können. Sie haben eine ausgesprochene undemokratische Umsetzung der Landes- als auch der internationalen Politik. Als Resultat hat es schon jetzt Kriege gegeben, die man nicht hätte führen sollen. Aber als Machtpol der letzten 100 Jahre konnten sie sich innerhalb ihres eignen Landes

nur immer soweit entwickeln, wie es die einzelnen Parteien zuließen und die sind nicht mit der Bevölkerung verwachsen.“
„Die Zerstörungen in den USA werden eher spektakulär als wichtig sein; - dies natürlich im Vergleich zu Europa. Dort wird es eben den hier schon oft beschriebenen Flächenbrand geben, der die meisten Strukturen zerstören wird. Nicht so in den USA. Dort wird es schon punktuell Schreckliches geben, aber eben nur an wenigen Stellen. Und man wird sich fragen, ob dies denn nicht zu vermeiden gewesen wäre und man wird zur Schlussfolgerung kommen, dass es nichts mit den Machtstrukturen der Militärs zu tun hat, sondern mit einfacher schierer Politik, die nicht in der Lage gewesen ist, den Menschen diese Ereignisse zu ersparen.“

„László, die USA werden trotzdem sehr viel leiden, eigentlich noch mehr als ihr, denn zum ersten Mal in ihrer Geschichte werden sie klar und unmissverständlich erkennen, dass sie die Schuldigen sind. Dass sie das unaussprechliche Vergehen begannen haben, Millionen von Menschen umzubringen. Sie werden sich fragen, wo die eigene Machtgrenze denn natürlich sei und wo nur noch das dumpfe Gefühl der Habgier und Dummheit regiert hat. All dies, wird man sich fragen und eine Nation die in sich gesund ist, wird sich über dieses Thema noch viele Jahrhunderte plagen. Die Deutschen werden aus dem Schussfeld geraten, man wird nicht mehr ablenken können von der Bosheit die begannen wurde. László, du scheinst einfach die Größe des Kommenden nicht wahrhaben zu können und doch weißt du, dass es wahr ist und das es morgen schon hier ist.“

László: „Lieber HIMMLISCHER VATER in einer der Kommunikationen habe ich erfahren, dass in den USA doch eine Umkehr stattfinden wird, darf ich erfahren, wann wir mit diesem positiven Ereignis rechnen können?“

„László, schön, dass du das fragst, denn wir dürfen nicht vergessen, dass dieses Land im Konzert mit euch allen ein Hort der guten Ideen und Absichten immer war und auch in der Zukunft sein wird. Aber bis es soweit ist, muss leider eine sehr schmerzliche innere Entwicklung

stattfinden, die das sogenannte Establishment nicht überleben wird. Ihr werdet sehen, dass die USA tatsächlich die führende Nation ist und auch moralisch diese Rolle wieder innehaben wird. Doch dies wird noch ungefähr 40 Jahre dauern; - ja das wird eine lange Zeit in Anspruch nehmen.“

***

László: „Kann ich erfahren was das für kreative Sachen sein werden die wir erfinden werden? Natürlich werden sie nicht mehr kreativ wenn wir sie erfahren, oder?“

„László, du hast sie[12] alle auf einmal haben wollen. Dies ist sicherlich verständlich, aber gehen wir dieses Thema systematisch an wie alles. Ihr werdet trotzdem kreativ bleiben auch wenn wir euch hier die grobe Richtung angeben würden. Eins können wir schon sagen: Ihr werdet in der Lage sein, die Aktivitäten der unterschiedlichen Naturkräfte relativ bald und mit großer Sicherheit zu berechnen. Lieber László, dies ist nicht im Kontrast zum Gesagten, denn vorher hast du dich aufs Klima bezogen, jetzt aber behandeln wir das ganze Thema der Naturphänomene.“

László: „Lieber HIMMLISCHER VATER schließt dies Erdbeben mit ein?“

„Ja, László, ihr werdet auch die Erdbeben voraussagen können, doch bis es soweit ist, wird es noch viele Ereignisse geben wo ihr nicht sicher sein könnt, wo und von wem es verursacht wurde.“

László: „Lieber HIMMLISCHER VATER ich danke Dir für Deine Unterstützung.“

***

---

[12] Antworten auf Fragen

László: „Lieber HIMMLISCHER VATER ich möchte den heutigen Tag gleich mit Kommunikation und Arbeit beginnen. Ich bin nicht sicher ob es Sinn macht über die Landvegetation zu sprechen, denn aus meiner Warte ist es einfach die logische Konsequenz, dass es starke Veränderungen geben muss, denn Luft und Wasser sind bestimmend, dies scheint mir offensichtlich. Ich bitte um DEINE Hilfe!"

„László, wir sind der Meinung, dass dieses Thema, trotz der augenscheinlichen Effekte aufgearbeitet werden sollte. Täusche dich nicht, viele deiner Mitmenschen können sich nicht vorstellen, dass der so stark anmutende Wald plötzlich zu Schutt und Asche wird und es dann vielleicht Generationen braucht, um ihn wider da zu haben. László also glaub uns, dieses Thema ist wichtig. Als erstes sollten wir über die zentraleuropäische Situation reden. Dies betrifft euch am meisten und wird weltweit auch die Schlimmste sein. Also konzentrier Dich und obwohl du Förster bist, wirst du einiges Neues hören. Die Wälder wie du sie jetzt in Mitteldeutschland kennst, werden nicht mehr existieren, auch der Spessart nicht, sie werden einfach verschwinden. Die anderen Waldformationen in Zentraleuropa werden so in Mitleidenschaft gezogen, dass es wirklich Generationen braucht, bis ihr sie wieder einigermaßen herstellen könnt. Dann wird euer Beruf leider aus traurigem Anlass wider ein Comeback haben. László, die für Uns unvorstellbare Situation wird eintreten, dass ihr im Angesicht dieses furchtbaren Ereignisses euch zeitweise überhaupt nicht um die Natur kümmern werdet. Erst nachher, viel später, wird die Besinnung auf den Wert und die Funktion wiederkehren. Eigentlich unvorstellbar, aber so ist es. Warum weil ihr wie wild nach den Schuldigen jagen werdet und euch in erster Linie um die Kampfhandlungen kümmert und nicht die langfristigen Wirkungen vor Augen habt; - also ist es mit dem Umweltbewusstsein auch nicht weit her. Zwar habt ihr es mehr oder weniger verinnerlicht, aber wenn es zum Schwur kommt werdet ihr nicht ökologisch handeln.
Die Schweiz, mein lieber László, wird als natürliches ökologisches Rückzugsgebiet dienen. Und die Schweizer sind ja große Forstleute. Also so ganz hoffnungslos wird es nicht sein. Doch die Tatsache bleibt bestehen, dass ihr euren schönen Wald, wie ihr ihn kennt loswerden

werdet. Die Eichen haben auch hier eine besondere Rolle, weil sie am meisten belastet sein werden. Weiterhin kann ich dir sagen, dass die anderen Waldformationen nur noch in wenigen Enklaven vorhanden sein werden. Was kann ich dir zu der Fauna sagen? Eine natürlichere Korrelation als zwischen der Waldvegetation und der Fauna gibt es kaum. Also auch hier ein enormer Eingriff, der sich aber wie die Dynamik dies bestimmt, schneller hergestellt sein wird, wenn einmal der Naturhaushalt die gewohnten Bedingungen bietet. László wir haben keine Möglichkeit euch auf das Kommende vorzubereiten. Dies sind nicht gesellschaftspolitische Aspekte die man jetzt schon in ihren Grundzügen angehen kann. Dies sind Aspekte der grundlegenden Einstellung der Menschen in deinem Land zu den Ressourcen, - ja, so dramatisch wird es sein."

***

László: „Lieber HIMMLISCHER VATER ich habe den Eindruck, dass noch zu wenig über die außergewöhnlichen Wetterereignisse gesagt wurde oder täusche ich mich?"

„László, du täuschst dich nicht. Zwar wurde der Rahmen skizziert, aber einzelne Aspekte sind noch nicht mitgeteilt worden."

László: „Kann ich hierzu eine Kommunikation erhalten?"

„Ja, László, das darfst du. Du solltest überlegen wie es möglich ist, dass tausende von Menschen gewissen Wetterereignissen ausgeliefert sind die nicht beeinflussbar sind, zumindest nicht von euch und doch akzeptiert ihr es, dass es so ist. Überleg mal, was kann man machen damit die Menschen im Einzugsbereich des Monsuns nicht unter den Wechselwirkungen eines ausbleibenden Monsuns leiden? Zur Zeit gar nichts! Aber was kann man machen, wenn der Monsun ausbleibt und anstelle Trockenstürme kommen? Dies würde bedeuten, dass ganze Landstriche auf einmal anders genutzt werden müssten. Dies ist einfach nicht machbar, weil die Menschen auf so einen Wechsel gar nicht eingestellt sind. Sie sind eher auf eine möglich vertraute Änderung der

Regenmenge eingestellt sonst nichts! Doch dies wird kommen, es werden plötzlich Stürme mit ungewohnten Eigenschaften auftreten die den Menschen die Lebensgrundlage entziehen werden. Also wirklich große Probleme sind zu erwarten, mit Hunger-Toten und Seuchen, die in der Folge auftreten werden. Wie kann man dies in den Griff bekommen? Ich kann dir nicht sagen wie ihr es in den Griff bekommen sollt, aber eins ist offensichtlich, dass eine Normalisierung der extremen Wetterereignisse nicht auf einmal kommen wird denn die direkten Auswirkungen werden eine Weile (5 Jahre) ihr Werk tun. László, bedenke mal, dass die maßlose und uneingeschränkte Ausbeutung der Erde ein für allemal vorbei sein wird und ihr werdet wirklich merken, dass ihr die Erde an den Abgrund gewirtschaftet habt.“

21. Gesellschaftspolitisches Ziel

László: „Lieber HIMMLSICHER VATER ich habe bereits in der jetzigen Gesellschaftsordnung den Eindruck, dass die Gesellschaft der Einzelnen kein Gesellschaftsziel hat. Es gibt kein Ziel das zum Beispiel heißen könnte: Wir wollen erreichen, dass nach 50 Jahren mindestens 1% der Bürger zu unserem HIMMLISCHEN VATER strebt und seinen Wege gefunden hat. Und, dass innerhalb von 100 Jahren 10 % der Bürger auf dem Weg zu IHM ihr Wohl sehen. Wäre es nicht vernünftig den so geschundenen Menschen nach der „großen Katastrophe“ etwas Ähnliches zu skizzieren, damit sie anfangen in diesen großen geistig-gesellschaftlichen Richtungen zu denken? Ist es naiv was ich vorschlage ist es vielleicht einfach absurd? Würde man einen Politiker auslachen wenn er im Regierungsprogramm erklären würde, dass man bis zum Ende der Amtszeit eben diese Ziele erreichen sollte?“

„László, du sprichst Mir aus dem Herzen. Ja, das kann man ruhig so sagen. Du hast endlich das Maß gefunden, das ihr haben müsstet, um eine Entwicklung einsetzen zu lassen die wirklich fundiertes Glück entstehen lassen könnte. Aber, László, überleg mal, ist es nicht genau das was fehlt? Es kann doch nicht das Ziel eines Landes sein, „nur“ Arbeitslosigkeit abzuschaffen. Es wird dabei übersehen, dass ich dies ja

nur so abschaffe, wenn ich den Leuten wirkliche Alternativen biete. Diese ergeben sich aber eben durch eine gesellschaftliche Öffnung und ein gesellschaftliches Wachsen. Man kann ruhig in diesen Termini reden. Denn was würde passieren, wenn ein gesellschaftlicher Konsensus entstehen würde? Es wäre phantastisch und glaub mir László, auch die Arbeitslosigkeit würde davon profitieren und wie. Also, du hast den berühmten Nagel auf den Kopf getroffen, doch wollen wir dieses Thema ernsthaft betrachten. In den Zeiten nach den schrecklichen Ereignissen wird es wirklich Richtungshinweise brauchen wie es denn weitergeht. Man wird sich fragen was der Staat, die Gesellschaft denn bedeutet? Was sind die Maßstäbe, die Werte, die alles zusammenhalten? Man wird sich einfach orientieren wollen und wenn so eine Idee vorhanden ist und den Leuten die Richtung angibt, macht plötzlich alles Sinn. Denn es sind plötzlich klare Maßstäbe, an denen man sich orientieren kann. Man weiß plötzlich, was alles zusammenhält und wer es ist. Es wird nicht mehr das ewige Suchen und das sinnwidrige Streben nach dem Unbekannten geben, aber es wird eine Ausgewogenheit in den Überlegungen und in den Taten geben, die ein wunderbares Sein werden.

László, du möchtest aber zu Recht auch eine Idee erhalten, wie so etwas formuliert werden sollte. Du kannst sie bekommen László. Wir freuen uns sogar, sie dir mitzuteilen. László, überleg mal, wenn du den Menschen sagst, ***dass ihr Gesellschaftsziel die Erreichung des Himmels sein soll****! So einfach. Dies beinhaltet genau das Wesentliche, genau die Essenz und macht für viele auch einen Sinn! Nicht so die vielleicht noch zu komplizierte Vorstellung, dass man meinen Weg in einer bestimmten Form gehen muss und, dass dieser Weg nicht immer den für euch logischen Schritten folgt. Aber das Gesagte ist da schon einfacher. László, du hast ein ungutes Gefühl, du möchtest den Menschen was Konkreteres an die Hand geben. Aber sei nicht so ungestüm, dies beinhaltet alles, und man wird sich die Frage stellen: - Wie kann ich dies? - und dann werden sich Zirkel bilden man wird überlegen was notwendig für dieses Ziel ist, um es zu erreichen. Und siehe da, auf einmal wird aus dem abstrakten und esoterisch klingenden Titel etwas ungemein Praktisches und doch eben Erhabenes.“*

László: „Lieber HIMMLISCHER VATER ich möchte natürlich den Faden weiter spinnen und die Fortschritte nicht einfach auf sich beruhen lassen. Ich möchte einfach schnell vorankommen. Aber ich habe auch das Gefühl, dass ich zu diesem Thema was sagen sollte, oder?“

„Ja, László, das denke ich auch. Als erstes bitte ich dich zu bedenken, dass die Menschen mit all ihren Problemen natürlich nicht über das Streben zum Himmel reden werden. Sie werden Überlebensprobleme haben, schlimme Folgekrankheiten werden sie dezimieren und man wird sich fragen, wie man das meistern kann, das als erstes. Wir sind uns absolut klar, dass die Gemengelage für eine solch Bereitschaft nur dann gegeben ist, wenn die Menschen auch über ihre einzelnen Probleme hinaus auch anderes noch in ihrem Herzen haben möchten.“

László: „Lieber HIMMLISCHER VATER ich danke DIR für diese Kommunikation.“

22. Die Freiheit

„László, die Ziele deines Buches sind doch klar, du willst den Menschen eine Hilfe bieten wie sie mit dieser Katastrophe umgehen sollen. Tu das, nimm das nächstliegende Thema das die Freiheit der Menschen betrifft. Sei nicht verwirrt, dies ist gar nicht abstrakt und trifft den Kern besser als du denkst, denn Freiheit ist genau das, was die Menschen in diesen Zeiten nicht verspüren werden. Sie werden sich an die Gepflogenheiten gesellschaftlichen Handelns gefesselt fühlen und messen Aktionen viel größeres Gewicht bei, die sie von solchen Zwängen lösen. Das hat die Konsequenz, dass unmittelbar nach der Katastrophe Anarchie herrschen wird, denn Staatsformen irgendwelcher Art wird es nicht geben, dafür wird die Verwüstung zu umfassend ausfallen. Man kann dann sagen, dass das Individuum seinen Freiraum haben wird und es nicht von anderen abhängt. Aber dies wird nur scheinbar ein Freiraum sein. Als Einzelner muss man sich im Klaren sein, dass jede Tat, wie die Bedingungen auch seien, eine Konsequenz mit sich bringt. Die mag ja in solchen turbulenten Zeiten nicht offensichtlich materiell sein, doch

geistig und seelisch sind die Konsequenzen noch über viele Existenzen konkret spürbar. Die Ausführung fällt knapp aus, László, aber es bedarf eben keiner langen Erörterungen über Sinn und Unsinn vom Missbrauch der Freiheit. Genau in Zeiten in denen das Individuum völlig auf sich gestellt ist beweist sich auch, wer das innere Rückgrat hat und nicht der Versuchung erliegt, sich Vorteile aus der Situation zu schaffen, die auf Kosten anderer gehen.“

„László, überleg mal, da hat der Mensch eine Situation die ihm die Möglichkeit bietet aus rein inneren Überlegungen heraus das Richtige zu tun und die richtigen Entscheidungen anderer zu fördern. Es ist eine einmalige Chance von Anbeginn einer neuen Gesellschaft unverblümt das Gute in Angriff zu nehmen und nicht mit Interessenverflechtungen die Gesellschaftsstruktur zu belasten. Du bist skeptisch hinsichtlich der von euch produzierten Ideen. Sei es nicht, László, die Katastrophe wird nicht nur das Schlechte sondern gerade im Nachhinein auch das Gute in euch zum Vorschein bringen.“

László: „Lieber HIMMLISCHER VATER ich möchte das Thema allgemeine Sicherheit und Ruhe und Ordnung in der auf die Katastrophe folgenden Zeiten behandeln. Ist es möglich diese Themen anzugehen?“

„László, die Sachen wie sie sich im Moment darstellen, lassen die berechtigte Vermutung entstehen, dass es nach der Katastrophe ein wahres Paradies für solche Menschen geben wird, die ihr Recht nach eigenem Gutdünken interpretieren wollen. Dem steht natürlich die von uns propagierte Liebe entgegen, die aber niemals als Schwäche verstanden werden sollte. Es ist nun mal in einer komplexen Zivilisation notwendig gewisse Aspekte des Miteinanders zu respektieren und diese auch gesetzeshalber zu festigen. Dies bedeutet im Klartext, dass ihr hart durchgreifen müsst, denn es wird Anarchie herrschen, sofern ihr dies nicht zeitnah nach der Katastrophe schafft. Wir haben euch bereits oft Gesetze gegeben die ihr auch mit großem Elan durchgeführt habt, aber in dieser Extremsituation wird es notwendig sein euch der Akteure zu versichern, die in diesem ganzen Prozess Verantwortung übernehmen müssen. Sind es die Falschen, habt ihr eine noch größere Sorge nämlich

den unkontrollierten Machtmissbrauch der neuen Strukturen. Lieber László, du weißt gar nicht, wie wichtig dies ist. Ihr werdet trotz der Extreme nie aus den Augen verlieren dürfen, dass es sich bei allen Akteuren, seien es noch so abtrünnige und finstere Gestalten, es sich um meine Kinder handelt! Also bei allen Aktionen immer Maß halten, aber auch bei der Ordnung Maß halten, die erst die eigentliche Entwicklung erlauben wird. Dies sind nicht Allgemeinplätze, dies sind schlicht wichtige Grundaussagen, die trotz ihrer Schlichtheit viel an Information für den Fachmann enthalten."

„Jetzt aber doch noch einiges zum Thema Gerechtigkeit. Dieses Feld wurde oft mit Schuhen getreten. Die endgültige Gerechtigkeit kann der Mensch mit seinen Mitteln nie erreichen. Ein System der Rechtsprechung, mag es noch so gewissenhaft und praxisorientiert entworfen sein, kann gar nicht die auf es gestellten Ansprüche erfüllen; - es muss notwendigerweise eine Flucht nach vorne sein. Doch dies lässt euch nicht die Wahl es fallen zu lassen. Ihr müsst euch Rechtsinstrumente schaffen, die das Funktionieren einer Gesellschaft sicherstellen. Aus diesen Gründen kann ich dir bereits jetzt sagen: es wird notwendig sein, dass ihr den Rat bei uns holt. Warum nicht? Ist einmal die göttliche Ebene mit Liebe in Anspruch genommen worden, schließt es eine Verbindung zu Themen, die wichtig und in ihrer Tragweite nicht dieselbe Art haben wie ihr sie manchmal seht, mit ein. Dann kann euch eine solche Beteiligung ermöglichen Elemente der göttlichen Gerechtigkeit in Euren Schriften (Rechtsgrundlagen) *wiederzugeben. Es ist gar nicht so schwierig diesen Schritt zu tun, denn die Intuition ist auch für euch, die ihr so viel auf der Rationalität basierend machen möchtet, eine gangbare Größe, um den Einklang mit der himmlischen Ebene allmählich herzustellen."*

László: „Sollen wir Überheblichkeit oder Armut als erstes behandeln?"

„Nein, László, die Reihenfolge ist schon korrekt. Siehst du, László, du hast dir oft vorgenommen, die Überheblichkeit zur Seite zu legen und bescheiden zu bleiben. Ich sage dir, dass dies gerade in Zeiten der extremen Not wichtig sein wird, weil die Disparitäten im Nachhinein so

groß sein werden, dass die Menschen, die auf der positiven Seite dieses Ereignisses geblieben sind, auf einmal ihr Glück in einem anderen Licht sehen werden. Sie werden denken, dass ihr Zutun dies bewirkt hat. Sie werden nicht die göttliche Vorsehung hinter den Ereignissen verstehen und noch weniger sehen. Dies aber birgt die Gefahr, dass es nicht mehr möglich sein wird, diesen Menschen Werte nahe zu bringen, welche sie über die Zeit danach als wichtig empfinden sollen. Und wiederum wird dies zur Konsequenz haben, dass der Mensch nicht die Chance nutzen wird, sich den Aufgaben zu widmen die ihm gegeben wurden[13].“

László: „Die Überheblichkeit als menschliche Charakterschwäche ist angesprochen worden. Gibt es etwas, mit dem die Menschen dieses Thema am besten angehen können?“

„Ja, László, die Menschen können überlegen, was als Alternative in Frage kommt. Was wohl László? Die Bescheidenheit und die Gelassenheit gegenüber Situationen. Doch dies zu verordnen ist nicht genug. Man muss es vorleben; - man muss es ihnen zeigen. Natürlich wäre Jesus ein gutes Beispiel, aber, László, glaubst du, dass du beim modernen Menschen mit einer Parabel aus dem Leben Jesu ankommen würdest? So weh es mir tut, so ist dies doch sehr unwahrscheinlich. Also bleiben wir beim Nächstliegenden und schauen, was wir diesem verwöhnten Menschen zeigen können. Es gibt genug Heilige und gute Menschen die das richtige Beispiel/Leben vorgelebt haben und auch hier als Leitbild dienen können.“

László: „Jetzt wollte ich auf das zweite von Dir angesprochene Thema eingehen, nämlich die Armut. Mit diesem Thema haben wir hier schon einiges an Erfahrung sammeln können. Darf ich bitte von Dir

---

[13] Die Entwicklung der menschlichen Seele hat nach erfolgreichem Durchlauf von den ersten drei Enzwicklungsstufen die Chance Aufgaben wahrzunehmen die dem Willen des HIMMLISCHEN VATERS entsprechen. Ist man in der Lage diese Vertrauensbekundung zuverlässig zu leisten, dann können sich die Entwicklungsschritte zu IHM drastisch verkürzen.

HIMMLISCHER VATER den relevanten Kommentar für die Zeit nach der Katastrophe erhalten."

„Ja, László, aber dieser Kommentar wird auf keinen Fall so ausfallen wie du es dir vorstellen könntest. Denn die Armut, die auf euch in Europa zukommt wird eine ganz besondere Eigenschaft haben. Ihr werdet lernen müssen, dass es nicht mehr nur die eine oder andere Welt der Entwicklung gibt. Ihr werdet plötzlich merken, dass die Abhängigkeit von den täglichen Annehmlichkeiten wie warmes Wasser, oder einfach Strom, nichts Normales sind, sondern auch von euch einmal schwer erarbeitet werden mussten. Diesen Luxus werdet ihr wieder schätzen lernen. Doch sollt ihr ja nicht gestraft werden; - dies ist nur ein Lernprozess den ihr auf schmerzliche Weise nochmals erleben werdet. Wir haben euch oft vor dieser Katastrophe gewarnt, wir haben aber auch betont, dass dies nicht der strafende Gott verursacht hat, sondern ihr selber habt euch in das Unabwendbare hinein manövriert. Was die Verarmung anbelangt, seid ihr sicherlich ein besonderer Menschenschlag. Der Europäer und speziell die Zentraleuropäer werden in der Lage sein, sich aus diesem Griff des Postkatastrophenschicksals zu lösen. Aber es wird ein neues Verständnis hinsichtlich der Armut aufkommen. Man wird sie anders definieren. Es wird nicht mehr unbedingt das Einkommen das Maß aller Dinge sein, sondern neue Ideen werden greifen können über das wie und warum der eine oder andere als Arm bezeichnet wird. Du denkst schon in die richtige Richtung: Verfügbarkeit und Erreichbarkeit von Grundbedürfnissen der menschlichen Existenz werden die neuen Maßstäbe sein. Dies wird deswegen von Bedeutung sein, weil ihr dadurch auch eure Entwicklung plötzlich mit einem anderen Blick messen werdet; - es wird nicht mehr so offensichtlich sein, wer wirklich bedürftig und arm eingestuft wird. Und wer nicht dieses tiefere Verständnis hat, wird auch eine neue Zuwendung zum Mitmenschen erfahren, - natürlich bei denen -, denen es im Moment fremd ist. Selbstverständlich ist dies nicht der Fall für Angehörige spezialisierter Institutionen, solchen, zu denen auch du gehörst."

23. Neue Dimensionen des Zusammenseins

„Als erstes wäre es wichtig, dass du über die allgemeinen Bedingungen unterrichtet wirst, die die Menschen erleben werden. Es ist nämlich so, dass es eine ganze Art von neuen und nie gekannten Bedingungen geben wird, die das Leben neu bestimmten werden.“
„Die gesellschaftlichen Strukturen wie du sie jetzt kennst, werden den Anforderungen dieser Zeit nicht mehr gerecht werden. Es muss sich etwas Neues formen; - es müssen neue Ideen existieren die das Zusammensein an diese neuen Bedingungen anpassen.“
„Es muss ein System des Zusammenseins geschaffen werden, wo die Idee der Machtausübung nicht mehr ein von oben gerichtetes Werk sein wird, sondern ein von jedem Bürger mitgetragenes soziales Netzwerk.“

László: „Lieber HIMMLISCHE VATER ich bitte Dich mir mehr über diese gesellschaftliche Struktur und dieses soziale Netzwerk der Zukunft zu sagen.“

„Es wird kein Netzwerk geben das plötzlich entsteht. Es wird natürlich wachsen, doch die Elemente werden aus der Situation entstehen und wenn ihr geschickt genug seid, werden sich neue Gebilde formen die erstens aus der Liebe gegenüber dem Nächsten und zweitens der Toleranz gegenüber dem anderen bestehen. Nun, László, auch wir haben auf diese Minute gehofft, dass ihr trotz der Besonderheit der Situation in der Lage sein werdet euch auf die wahren Werte zu besinnen und nicht irgendwelche gutgemeinten sozialen Regeln folgen zu müssen. Aber, László, eins muss doch noch mit besonderer Deutlichkeit betont werden: Es wird nicht möglich sein, euch aus der Situation zu retten, wenn ihr nicht die Grundbedürfnisse des Zusammenseins beherrschen wollt. Ich weiß, László, es klingt verrückt, aber ihr werdet eine nie dagewesene gute Laune aufbringen, zur Lösung der schlimmsten Probleme und die wird dann wirklich dringend notwendig sein die enormen Herausforderungen zu meistern.“

Anhang

Meditationserfahrungen hinsichtlich der Großen Katastrophe

Die Meditationserfahrungen haben einiges Gemeinsam: ich bin jeweils in einer dreidimensionalen Erlebniswelt. Alle Erfahrungen sind farbig also Real-Welt Erlebnisse. Die erfahrenen Perspektiven zur Zerstörungen in Zentraleuropa waren überwiegend aus einer großen Distanz über der Erde. Die zweithäufigste Erfahrung war aber auf der Erde, zum Teil inmitten des Epizentrums von Explosionen. Meistens waren die Bilder bewegt, dynamisch, also sehr real. Meine Emotionen habe ich unter Kontrolle gehalten um den meditativen Zustand und damit die Geschehnisse, Erlebnisse nicht zu unterbrechen. Allerdings war ich nach den Meditationen zumeist sprachlos und von Gefühlen überwältigt, weil das Erlebte Dimensionen annahm die mich belasteten. Gleichzeitig erzeugte die Dichte der Erfahrungen eine Abstumpfung gegenüber dem Ausmaß der Zerstörung. Ich interpretierte dies als einen Schutzmechanismus, um weitermachen zu können. Im Folgenden sind Erfahrungen aus unterschiedlichen Meditationen festgehalten. Ich habe auch Fragmente aufgezeichnet, da ich nicht wusste, ob sie später einen Sinn ergeben würde, oder nicht.

Die Meditationserfahrungen erhielt ich nach unterschiedlichen Mustern. Das häufigste war die Erscheinung in meinem meditativen Projektionsrahmen. Dieser wurde meistens von meinen Lehrmeistern vermittelt. Die übrigen Erfahrungen wurden mir von meinem Erzengel Izekiel vermittelt. Meistens wurden sie unter einem besonderen Stichwort gezeigt. Es sind keine eigenen Fabrikationen, dazu waren die Erfahrungen zu komplex und zu real.

Kommunikation vom 23. April 2003

Unter dem Stichwort Sühne habe ich folgende Vision vermittelt bekommen: Ein Flugkörper explodiert über einer geschlossenen Wolkendecke. Weit darüber wo es normalerweise nur Zirrus Wolken gibt ist eine homogene dunkle Wolkendecke, dies lässt die ganze Szene dunkel und bedrückend erscheinen. Durch die orangen-gelbe Explosion wölbt sich die untere Wolkendecke nach unten. Ich weiß, dass die unter der Explosion liegende Stadt Frankfurt am Main ist.

Kommunikation vom 27. April 2003
Unter dem Stichwort Hinterhältigkeit habe ich folgende Vision vermittelt bekommen:
Ungefähr 800 m über der Erde ist ein grell-weißer Explosionspilz zu sehen der die ganze Szenerie d.h. die Stadt Berlin hell erleuchtet, dies bedeutet, dass es Abend sein muss denn das Licht wirft scharfkantige Schatten in Richtung Osten in die Häuserreihen.

Kommunikation vom 5. Mai 2003
Aus einer Höhe von ca. 10 000 m über Grund bewege ich mich mit großer Geschwindigkeit von der französischer Atlantikküste in Richtung Osten dabei sehe ich allmählich ein verdunkeltes westliches Zentraleuropa mit brennenden Landschaften ähnlich denen von Lavaflüssen.

Kommunikation vom 16. Juni 2003
Aus einer Distanz die etwa der halben Distanz zwischen Erde und Mond entspricht sehe ich eine streifenweise Zerstörung Mitteleuropas. Die Streifen setzen sich durch eine helle sandige Farbe gegenüber dem Rest Europas ab. Die Streifen verlaufen von ca. Paris bis Dresden, Berlin und im Süden quer durch Nord-Baden-Württemberg, Nord-Bayern bis zur tschechischen Grenze. Es sind keine dünnen Streifchen, sondern breite Bänder die man eben aus einer Distanz von ca. 1,9 Mio. km sehr gut und deutlich sehen kann.

Kommunikation vom 8. Juli 2003
In einer Kommunikation mit Erzengel Izekiel wird mir mitgeteilt dass Berlin dem Erdboden gleichgemacht wird.

Kommunikation vom 9. Juli 2003
Aus einem Blickwinkel West – Ost ca. 5000 m über Grund sehe ich Paris am Spätnachmittag, die Seine im Innenstadtbereich ist mit grünblau-rötlichem Schaum bedeckt, zur Seite schauend sehe ich Teile der Altstadt in einem Chaos. Ich kann aber nicht ausmachen, ob es eine

flächendeckende Zerstörung ist oder nicht. Danach lässt die Kommunikation rapide nach und ich sehe nichts mehr.

Kommunikation vom 13. Juli 2003
Ich befinde mich über Zentraleuropa ca. Breite Luxemburg. Über mir ist eine gespenstische schwarze Wolkendecke. Wohlgemerkt komplett schwarz!! Ich sehe, dass Raketen mit einem orangengelben Feuerschweif von West zu Zielen nach Osten rasen. Sie kommen in einem Winkel an mir vorbei, der darauf zu schließen lässt, dass sie ihren Steigflug schon vor einer mir nicht schätzbaren Entfernung absolviert haben.

Kommunikation vom 20. September 2003
Ich beginne eine von Nebel umgebene Sonne zu sehen, habe aber Schwierigkeiten etwas zu erkennen. Plötzlich taucht aus dem Nebel neben mir die Spitze eines dunklen Gläsernen Wolkenkratzers auf und links das Meer oder See. Aber das Schreckliche nehme ich rechts unten wahr. Eine neblig schauerliche Szene von noch glimmenden Feuern abgebrannter Häuser. Es war mir klar, dass hier kurz vorher eine Katastrophe stattgefunden hatte und, dass die Sonne noch lange bedeckt bleiben würde. Wie ich auch versuchte, ich konnte nicht erfahren um was für eine Stadt es sich handelte. Ich dachte es könnte eine der Metropolen am Rande der großen Seen im Nordosten der USA sein. Aber sicher bin ich mir nicht.

Kommunikation vom 4. April 2004.
Ich wurde mir eines Bergdorfes gewahr, wo die Häuser dicht gedrängt im länglichen Oval nebeneinander standen. Ich sah mir die Umgebung genau an. Rechts hinter dem Dorf gab es einen Vulkan- oder Gletschersee und unmittelbar hinter dem Gebirgskamm, wo sich das Dorf befand, ragte ein bewaldeter Berg hoch. Weiter rechts im Hintergrund kam Nebel von den schneebedeckten Bergen runter. Doch im Dorf war keine einzige Menschenseele zu sehen, es gab keine Menschen. Ich bewegte mich in eine Wohnung und wollte sicher gehen, dass es hier keine Menschen und auch keine Toten gab. Beim Schlafzimmer angekommen, sah ich mir die Szenerie immer wieder an, aber es gab nichts. Dann ging ich in den unteren Teil des Dorfes und bewegte mich in eine über-

dachte Laube wo eine Art Kindergarten war, aber auch hier gab es keine Menschen. Alles war intakt, doch keine Menschen, weder tote noch lebende. Ich verließ das Dorf und von weitem sah ich, wie das Dorf weit oben auf dem Berg angesiedelt war. Aus dieser Perspektive wurde mir das schauerliche des Erlebten bewusst: auch ein so entlegener Ort wurde von den unheimlichen Waffen (chemische und biologische) dieses modernen Krieges heimgesucht. Nach dem Baustil und der Vegetation zu urteilen befand sich die erlebte Szene in den Pyrenäen.

Kommunikation vom 24. April 2004

Ich wurde zu einer Szene geführt, wo ich einen Brückenpfeiler sah. Der Fluss war ein ruhiges Gewässer. Weiterhin konnte ich eine relativ flache Landschaft ausmachen. Über der mit dichtem Gebüsch bedeckten Böschung erstreckten sich Buschflächen mit vereinzelten Bäumen, die ich als Pappeln ausmachte. Die Intuition vermittelte mir, dass ich mich irgendwo im westlichen Teil Südfrankreichs befand. Es fiel mir schwer die eigentliche Brücke zu erkennen doch eins konnte ich ausmachen, dass es eine Stahlkonstruktion war. Das nächste was ich sah, war die endlose Straße die zur Brücke führte und an deren Ende plötzlich ein helles Licht erschien. Dies dominierte augenblicklich die ganze Szenerie. Eigentlich war alles nur noch gleißendes Weiß. Ich wusste, dass ich unmittelbar am Epizentrum einer atomaren Explosion stand. Da ich nunmehr nichts als weiß sah, war ich mir gar nicht mehr sicher, ob ich wirklich alles richtig sah. Und plötzlich lichtete sich die Szenerie und ich begann wieder Einzelheiten zu erkennen. Ich sah meine Brücke und was ich sah, hatte wirklich was Komisches, wenn es bloß nicht so einen tragischen Hintergrund hätte. Jeweils auf jeder Seite des Brückenpfeilers hing die Brücke in den Fluss, wie wenn sie aus Schokolade gewesen wäre und eine plötzliche Erwärmung ihr jede Stabilität genommen hätte. Ich war so beeindruckt, dass ich vergaß nach dem Fluss zu schauen.

Kommunikation vom 26. April 2004

Am Abend hatte ich archäologische Ausgrabungen im Fernsehen gesehen und mir war ein Schacht in Erinnerung geblieben. Dies war auch meine Verwirrung, denn die nächste Szene die mir Jonathan bot war ein

Schacht. Ich war mir nicht sicher, ob ich sozusagen Reflektionen vom Abend unterlag, oder ob es der Beginn einer neuen Kommunikation sein sollte. Deswegen fragte ich was ich tun sollte. Ich wurde aufgefordert die Szenerie weiter zu erkunden. Ich ging den Schacht hinunter er war rechteckig und sehr, sehr tief. Ich stieg weiter abwärts, bis ich einen seitlichen Schacht zu sehen bekam. Ich dachte anfangs, dass es eine Erz- oder Kohleförderung wäre, doch weit gefehlt. Allmählich wurde der seitliche Schacht breiter und neben einem Schienenstrang gewahrte ich bald eine richtige Straße zu sehen. Ich wurde ihr entlang geleitet, sie endete in einem enorm großen unterirdischen Raum, oder sollte ich eher sagen Halle. Am Ende der Halle sah ich allmählich ein riesiges Gebäude ca. 30 m hoch, nach etlichen Versuchen konnte ich die genaue Form ausmachen. Der vordere Teil konnte nach vorne bewegt werden. Das Gebäude endete nach hinten in einer geschwungenen Form. Ich ging in das Gebäude und konnte unterschiedliche Sicherheitsschleusen ausmachen, sowie sehr unterschiedliche Segmente innerhalb des Gebäudes. Es war mir plötzlich glasklar, dass es hier um eine extrem geheime Produktionsstätte von Massenvernichtungswaffen handelte. Die Störungen der Meditation wurden immer größer, doch versuchte ich die Einzelheiten auszumachen, um so viel wie möglich an Information mitzunehmen. In einem der Räume konnte ich eine Modelllandschaft ausmachen und ich wusste, dass es die Simulation der Verteilung der Waffen im Real Fall war. Ich war erschrocken: Es bedeutete, dass es Nationen gab, die an Waffen arbeiteten, die wir uns nicht vorstellen konnten. Bei weiterem Betrachten konnte ich sehen, dass die Modelle für die Simulation von Erdbeben gedacht waren. Dies bedeutete, dass diese Nation tatsächlich Überlegungen anstellt, wie man den Feind mit künstlichen Erdbeben vernichten kann. In einem anderen Raum wurden künstliche Tsunamis simuliert, selbstverständlich mit dem Einsatz von Atomwaffen. Da ich mir des Energieaufwandes bewusst war, der nötig ist, um Erdbewegungen zu verursachen hoffte ich insgeheim, dass diese Technologie nie erfolgreich sein könnte.

Kommunikation vom 28. April 2004

In einer weiteren Meditation wurde ich wieder zu diesem unterirdischen Gebäude gebracht, wo die Erdbebenversuche aber auch andere Versuche durchgeführt werden. Ich werde (von meinen himmlischen Begleitern) an den hinteren Teil des Gebäudes geführt und kann entlang des ganzen Gebäudes riesige Stoßdämpfer ähnliche seitliche Stützen feststellen die irgendwie mit der Funktion des Gebäudes zu tun haben.

Kommunikation vom 12. Mai 2004

Ich nehme einen unterirdischen Gang wahr der gelblich-orangefarben ist und ahne, dass es eine Einrichtung höchster Geheimhaltung ist. Ich bitte, dass man mich an das Ende dieses Ganges führt. Der Gang scheint nie ein Ende zu nehmen, ich werde unruhig aber Jonathan sagt mir ich soll mich gedulden denn ich würde gleich was sehr Ungewöhnliches sehen. So war es denn auch, von meinem Standort aus sah ich, wie sich die Decke seitlich im Tunnel hob und nach oben verschwand. Überall sah ich Menschen umherlaufen und geschäftig Aufgaben verrichten. Ich sah auf einmal eine überdimensionale Halle, die ein Dock für an die vier riesige U-Boote oder ähnliches beherbergte. Aber es waren keine U-Boote, sondern wie ich herausfand, Hochsicherheitslabors die für Ihre Arbeit abtauchten und nur für Versorgung und Mannschaftswechsel auftauchten. Ich war natürlich platt und wollte sehen wie diese Labors innen aussehen. Aber es waren eigentlich nur moderne Laboreinrichtungen mit Sicherheitsschleusen - und automatischen Brutschränken sowie Analysemaschinen. Aber das Konzept an sich fand ich beeindruckend und wollte wissen, wo dies eingesetzt wird. Zu meiner Überraschung sind sie im Südpazifik stationiert, in der Nähe von Südaustralien. Mein Lehrmeister sagte, dies sei aus Sicherheitsgründen so.

Kommunikation vom 15. Mai 2004

Eine vermummte Gruppe schleicht sich auf Waldpfaden zu einem Gebilde, das sich später als Staudamm entpuppt. Plötzlich entsteht eine Explosion. Das Schleudergut besteht aus Wasser und Beton. Das Stau-Tal ist sehr tief, aber sonst ist die Umgebung des Stausees eher hügelig und gleicht einer mittelenglischen Landschaft. Es sieht aus, als ob damit ein Kommandounternehmen gezeigt würde.

Ebenfalls vermummte dunkle Gestalten machen sich an den Pfeilern eines Fußballstadiums zu schaffen, was ich als Terroranschlag auf die Bevölkerung interpretiere.

Kommunikation vom 16. Mai 2004
In einem Tunnellabyrinth werde ich langsam zu einer Produktionsstätte von Geheimwaffen geführt die einfache Drohnen sind, also unbemannte selbst lenkende Flugkörper. Das interessante dabei ist, dass sie einfachen Sportflugzeugen, Typ Chesna, nachempfunden wurden, um den Feind durch ihre Aufmachung zu täuschen. Intuitiv weiß ich, dass es Massenvernichtungswaffen sind und durch ihre zivile Tarnung eine perverse Täuschung des Feindes gelingt.

Kommunikationsfragmente Mai – September 2004
Ein Stadtbild mit einer ockerfarbenen Kathedrale, Sonnenschein und Menschen auf der Promenade unter Platanen. Plötzlich wird alles hinweggefegt.

Eine Stadtlandschaft und dazwischen eine Bucht. In den Straßenzügen und den Häusern sieht man plötzlich Implosionen so ähnlich wie bei den unterirdischen Atombombenversuchen in der Nevada-Wüste.

Eine Steilküste vor mir aus Fels und oben darauf eine Burg. Ich werde auf die Burg versetzt. Ich sehe wie draußen auf dem Meer ein einem Berg ähnliches dunkles Gebilde sich aufbaut. Dann sehe ich eine Helligkeit die von den Wolken gedämpft wird, dann bewegt sich das Meer in Form einer Tsunamiwelle auf die Küste zu. Es ist Abend oder einfach nur Dunkel und eine Furcht erregende Wasserwand kommt auf die Küste zu.

Ich stehe auf dem Rathausplatz von Brüssel, eine Atombombenexplosion geschieht in unmittelbarer Nähe. Ich sehe wie im Zeitlupentempo der ganze Rathausplatz mit den jahrhundertealten Gebäuden zerbirst.

Ich befinde mich unten in der Altstadt von Amman (Jordanien) und schaue links hoch in Richtung Königspalast in diesem Moment erlebe ich wie die ganze Altstadt von einer unbeschreiblichen Explosions-wucht in Richtung Norden zerbirst.